AF221546

-A.W. BENEDICT-

# Beanstock

## -DAS GÄNSEBLÜMCHENKOMPLOTT-

FSC
www.fsc.org
MIX
Papier aus ver-
antwortungsvollen
Quellen
Paper from
responsible sources
FSC® C105338

Umschlaggestaltung: www.wolf-photoart.de
Schriftdesign: Tobias Wieduwilt
Korrektorat: Charlotte Buchholz

Herstellung und Verlag: BoD -Books on Demand, Norderstedt
ISBN: 9783752625431

**Bibliografische Information der Deutschen Nationalbibliothek:**
Die Deutsche Nationalbibliothek verzeichnet diese Publikation in der Deutschen National-
bibliografie; detaillierte bibliografische Daten sind im Internet abrufbar

-A.W. BENEDICT-

# Beanstock

## -DAS GÄNSEBLÜMCHENKOMPLOTT-

*„Die Wahrheit ist eine
zweischneidige Sache"*

*Agatha Christie*

# Die Seele eines Butlers

*Der Butler eines vornehmen Hauses ist der Mittler zwischen Familie und Dienerschaft. Nur absolute Integrität, ein Blick für Details und eine straffe, aber trotzdem freundliche Führung der Dienerschaft garantieren den höchsten Standard für den Haushalt.*

*Dem Butler obliegt die Pflege des Tafelsilbers, die Verwahrung desselben und die Verwaltung des Weinkellers, was allein eine verantwortungsvolle Aufgabe darstellt. Die hochwertigen Weine bedürfen einer besonders sorgfältigen Lagerung, um Schaden von ihnen fern zu halten und zu jeder Zeit auf angemessene Art kredenzt werden zu können.*

*Kurz gesagt – der Butler muss stets wachsamen Auges die Bedürfnisse seiner herrschaftlichen Familie im Blick haben. Dazu gehören ebenso vorschriftsmäßige Kleidung, eine ordentliche Frisur und angemessenes Verhalten.*

Alle diese Dinge trafen auf den Butler des Lord of Pearpie, Mortimer J. Bensonman, zu, einem Butler, wie aus einem Lehrbuch für Dienstboten.

Der unscheinbare graue Umschlag kam an einem Mittwoch. Das Dienstmädchen Rose hatte an diesem Tag die Post entgegengenommen.

Das war an sich schon etwas Ungewöhnliches.

Natürlich wäre es die Aufgabe des Butlers gewesen, wie

an jedem Tag die Briefe und Zeitungen zu empfangen, zu ordnen und dann, nachdem die Times in ordentlich gebügeltem Zustand gewesen wäre, seiner Lordschaft beim Frühstück zu überreichen.

Aber an diesem Mittwoch begann der Tag etwas anders, und der Butler registrierte dies später am Tage bereits als erstes schlechtes Omen.

Er hatte noch niemals verschlafen. Er war niemals krank gewesen und eine Krankheit kam auch nicht in Frage. Das würde den gewohnten festgelegten Tagesablauf empfindlich stören. Das wäre unprofessionell, und so etwas gab es im Leben des Butlers nicht.

Eigentlich.

An diesem Mittwoch hatte er verschlafen.

Nachdem er das leise Klopfen an der Tür zu seinem Zimmer gehört hatte, setzte er sich verstört im Bett auf. Sein Blick fiel auf die Uhr an der Wand. Er rieb sich die Augen. Aber davon würde der Zeiger nicht wieder eine Stunde zurücklaufen.

Die Tür wurde einen Spalt geöffnet und ein zaghaftes Hallo ertönte. Die Hausdame Mrs Potts erkundigte sich nach seinem Befinden und ob sie etwas tun könne. Ob er vielleicht krank wäre und ein Arzt zu konsultieren nötig sei. Der Butler riss beunruhigt die Augen auf. Dann sprang er aus dem Bett, zog den Morgenmantel über und ging schnell zur Tür.

„Es geht mir gut. Bitte kümmern Sie sich heute um das Frühstück seiner Lordschaft. Ich bin in fünf Minuten bei Ihnen. Es ist alles in Ordnung."

Die Tür wurde leise geschlossen und die Schritte entfernten sich.

Wurde er etwa alt? Dieser Gedanke machte es sich in seinem Kopf für den Rest des eigenartigen Tages bequem.

Seit zehn Jahren stand er dem Haushalt als Butler vor.

Ein Blick in den Spiegel zeigte ihm zwar die ersten weißen Strähnen im dünner werdenden Haar, aber sein Gesicht war noch glatt und faltenfrei. Seine tiefblauen Augen blickten ihm ohne den Anflug einer Trübung entgegen und würden noch lange Zeit keine Brille benötigen. Sein Kopf neigte sich und er streckte die Hände aus. Kein Zittern. Er konnte es sich nicht erklären. Er war ein Muster an Pünktlichkeit.

Nichts war seinem gesunden Empfinden abträglicher als ein verspätet aufgetragenes Essen, ein zu spät geliefertes Kleidungsstück, ein übergekochter Milchtopf, der ja unweigerlich eine unpünktliche Teestunde nach sich ziehen würde. So war ihm durchaus bewusst geworden im Laufe seiner Butlertätigkeit, dass der kleinste Flügelschlag einer Motte zur falschen Zeit eine Kettenreaktion auslösen würde, die seinem Verständnis für Pünktlichkeit entgegenwirken könnte.

Diesen Hang zur Pünktlichkeit und Genauigkeit hatte er bereits in seiner Jugendzeit entwickelt. Mit einem Lächeln dachte er an seine Eltern. Er sah sie in seinen Gedanken immer dort auf dem alten verschlissenen Kanapee sitzen, die großen Teebecher in den zittrigen Händen. Sein Vater hatte ihm schon als Kind immer wieder erklärt. *Mein Junge, die Zeit ist wie ein offenes Schuhband. Wenn du nicht aufpasst und es ordentlich bindest, wirst du auf die Nase fallen. Sei aufmerksam, pünktlich und genau, dann stolperst du auch nicht.* Darauf folgten meist dieser unangenehme trockene Husten und der besorgte Blick seiner Mutter.

Der Vater war ein fahlgesichtiger Mann mit dünnem Haar gewesen und hatte sein Leben lang in den Kohleminen geschuftet. Seine Gesundheit war kaputt. Das Kind hatte manchmal das Gefühl gehabt, als würde sein Vater aus Kohlenstaub bestehen. Überall, wo seine schweren Arbeitsschuhe landeten, bildeten sich kleine graue Inseln, und die Mutter war dauernd mit dem Besen beschäftigt gewesen.

In der Fantasie des Jungen kam der Vater aus einem fernen dunklen Land nachhause, in dem es schwarze Flocken schneite und schwarze Schneemänner mit dunkel glänzenden Kohlenasen wohnten.

Seine Eltern wollten, dass ihr Sohn es einmal besser haben sollte. Dafür hatten sie gespart. Dafür war seine kleine zarte Mutter jeden Tag in die Wäscherei gegangen und hatte sich die Finger rot gewaschen. Er konnte sich nicht daran erinnern, jemals von ihr Klagen gehört zu haben. Sie hatte alles für ihren geliebten Sohn getan.

Er hatte eine gute Ausbildung in einer renommierten Londoner Schule erhalten und sich danach entschlossen, eine Ausbildung zum Butler anzustreben.

An jedem frühen Morgen hatte seine Mutter mit einer Tasse Tee und einer Bürste neben ihm gestanden und seine Dienstuniform begutachtet. Ohne einen letzten Blick von ihr hatte er das Haus nicht verlassen dürfen.

Nach seiner Grundausbildung im Hotel *Ritz* in London konnte er seine Ausbildung mit Auszeichnung beenden. Nun hätte er seine Eltern unterstützen können. Aber die Zeit hatte gegen ihn gespielt. Die Ausbildung zum Butler erforderte viele Jahre des Lernens. Als es endlich soweit war, waren seine Eltern nicht mehr am Leben.

Acht Jahre war er im Haushalt eines Diplomaten seiner Majestät König Georg VI. in der britischen Kronkolonie Kenia angestellt gewesen. Er dachte nicht gern an diese Zeit zurück.

Im Jahr 1941 wurde sein damaliger Arbeitgeber, der Earl of Erroll, ermordet. Der Fall wurde niemals aufgeklärt und ging in die Akten als der *Happy Valley Mord* ein.

Dann hatte er die Anstellung bei seiner Lordschaft in diesem wunderbaren Haus bekommen und der Traum seiner Eltern hatte sich erfüllt. Wie stolz sie auf ihn gewesen wären. Nun stand er den Dienstboten einer angesehenen Adelsfamilie vor.

Im Dienstbotenbereich des Hauses sah man ihm allerdings heute mit gemischten Gefühlen entgegen. Aber natürlich würde es keine Bewertung des Vorfalls geben. Der Butler entschuldigte sich kurz für sein unangemessenes Fehlen am Morgen, danach verteilte er die Aufgaben des Tages. Rose übergab ihm mit einem Knicks und einem süßen Lächeln die Post. Der Butler entdeckte den grauen Umschlag sofort. Er war größer als die restliche Post und hatte keinen Absender. Auf der Vorderseite stand nur in breiter Schreibschrift sein Name. *Mortimer James Bensonman.* Der Brief musste also an der Tür direkt abgegeben worden sein.

„Rose", wandte sich der Butler an das Dienstmädchen, „wer hat diesen grauen Umschlag abgegeben?"

Das Mädchen zuckte die Schultern.

„Der Postbote meinte, er lag vor der Tür auf dem Boden und so hat er ihn mir mit hineingegeben."

Seltsam, ging es ihm durch den Kopf und er drehte und wendete den Umschlag. Zuerst die Aufgaben des Tages erledigen. Persönliche Dinge mussten bis zur Teestunde am Nachmittag warten.

Also lag der graue Umschlag und wartete auf dem Sekretär des Butlers. Das hatte Zeit. Der Inhalt würde immer noch der gleiche sein, wenn er ihn endlich öffnen würde. Ein Umschlag ist geduldig.

Um siebzehn Uhr kam der Butler mit einer Tasse Tee zurück in sein Büro. Er nahm den Umschlag, griff zu seinem alten Brieföffner, einem Geschenk seiner Lordschaft, auf das er sehr stolz war, riss mit Schwung den Umschlag auf und entnahm daraus ein einzelnes Blatt Papier. Es war grau und eng beschrieben in einer altertümlich anmutenden Schrift. In der oberen Mitte prangte ein Symbol. Er konnte es nicht genau erkennen und griff zu der Lupe im Schubfach des Sekretärs. Als er das Glas über dem Symbol bewegte, stutzte er kurz.

„Hm, das sieht ja aus wie ein verdorrtes Gänseblümchen, was soll das denn?"

Dann widmete er sich dem Text. Seine Augen begannen bereits nach kurzer Zeit zu zucken. Der Brief fiel ihm aus der Hand und segelte zu Boden. Sein Blick glitt ins Leere, zurück in eine Zeit, die er dachte hinter sich gelassen zu haben.

Was sollte das nach all den Jahren? Warum jetzt?

Das Gesicht des Butlers erschien plötzlich müde und leer. Seine Hand griff zum Revers seines Jacketts. Er tastete nach der Brosche. Das kleine und doch so wichtige Gänseblümchen.

Als am Abend dieses Mittwochs der Krankenwagen vorfuhr und eine verhüllte Gestalt aus dem Haus getragen wurde, Polizisten ein- und ausgingen, das Hausmädchen Rose nicht aufhören konnte zu weinen und seine Lordschaft blass und verwirrt im Hauseingang stand, löste sich auf der anderen Straßenseite aus dem tiefen Schatten eine Gestalt und ging beschwingten Schrittes davon.

Durch den dichter werdenden Nebel waberte eine leise Melodie.

Der Polizist, der vor dem Haus auf Posten stand, verdrehte seinen Kopf und überlegte angestrengt. Er machte einen kurzen Schritt auf dem nebelnassen Gehsteig, so als ob er der Melodie so näherkommen könne. Aber sie entfernte sich immer schneller. In diesem Moment erschien Inspector Morris mit einem Kollegen in der Tür.

„Vorkommnisse Constable?", fragte er, als er das nachdenkliche Gesicht des Polizisten sah.

„Nein, Sir, alles ruhig, ich habe mich nur gefragt, woher ich diese Melodie kenne? Hören Sie?"

Inspector Morris horchte in die Dunkelheit, aber da war nichts mehr. Er räusperte sich und sah seinen Constable abschätzend an.

„Es ist spät. Sie hören schon Stimmen. Wir sind hier fertig, es sieht nach Selbstmord aus. Endlich einmal eine eindeutige Geschichte. Verdammter Nebel, meine Nebenhöhlen pfeifen bereits. Das schreit nach einer Tasse Tee", waren seine letzten Worte, bevor er in den Wagen stieg und die Nacht ihn verschluckte.

Der Krankenwagen fuhr davon, nun ohne dieses penetrante Klingeln, welches nicht mehr nötig war. Der Constable nickte seinen Kollegen zu und nach wenigen Minuten lag das alte traditionsreiche Haus des Lords of Pearpie wieder in völliger Stille.

Ringsum verschwanden die neugierigen Gesichter von den Fenstern der Nachbarschaft. Die Teekessel kamen an diesem Abend noch lange nicht zur Ruhe. So etwas hatte es in dem verschlafenen Londoner Vorort Richmond upon Thames schon lange nicht mehr gegeben. Ein Selbstmord war zwar kein Mord, aber man hatte Gesprächsstoff für eine lange Zeit. So summten die Teekessel die ganze Nacht, und der ein oder andere Whisky wurde zu Ehren des Lords und seiner Angestellten erhoben.

Zurück im Haus des Lords of Pearpie blieb eine verzweifelte Hausdame, die mit Tränen in den Augen zum Telefonhörer griff, wartete, bis man am anderen Ende der Leitung abnahm und nach kurzem Zögern in den Hörer hauchte:

*„Daisy Chain."*

Ihr tränenverschleierter Blick fiel auf die Gänseblümchenbrosche in ihrer Hand, die sie vor ein paar Stunden neben ein paar schnell geschriebenen Zeilen in ihrem Zimmer gefunden hatte. In all den langen Jahren hatte sie dieses kleine Ding an ihrem Freund gesehen, denn ihr Freund, das war der Butler Mortimer James Bensonman wirklich gewesen. Sie würde ihn so sehr vermissen.

Was hatte diese gute Seele dazu getrieben?

# Das Herz einer Nanny

Hortensia Peachwood konnte auf eine lange Ahnenreihe der Nannys zurückblicken. In ihrer weit verzweigten Familie gab es seit jeher Frauen, die sich diesem Beruf verschrieben hatten.

Sie war stolz darauf, eine gute Nanny zu sein und jetzt, in ihrem siebzigsten Lebensjahr, konnte sie sich auf ihren wohlverdienten Ruhestand freuen. Ihr letzter Arbeitgeber, Mr Gordon Shamway, ein wohlhabender Angestellter des Auktionshauses Christies, hatte ihr nach den langen Jahren ihrer Tätigkeit für seine Familie ein großzügiges Angebot gemacht. Er überließ ihr mietfrei und lebenslang die kleine Mansardenwohnung in seiner Villa im vornehmen Londoner Stadtteil Belgravia. Hortensia hatte sofort zugegriffen. So ein Angebot durfte man nicht ignorieren.

Sie erhielt eine kleine Rente und hatte sich so einiges zurücklegen können, aber eine eigene Wohnung hätte sie sich trotzdem nicht leisten können und wäre auf die Großzügigkeit ihrer Familie angewiesen gewesen, mit der sie kaum noch etwas mehr als eine Karte zur Weihnachtszeit verband. Das Leben meinte es gut mit ihr. Davon war sie überzeugt.

Lächelnd saß sie in ihrem gemütlichen Sessel. Auf ihrem Schoß lag das aufgeschlagene alte Fotoalbum mit den Kinderbildern ihrer vielen Schutzbefohlenen. Auf dem Kaminsims über ihrem Kopf wimmelte es von Kinderbildern und Grußkarten dankbarer Familien.

Hortensia Peachwood war eine kleine Dame mit mausgrauen Haaren, die sie stets zu einem festen Knoten band. Auf ihrer rundlichen Nase tanzte eine runde Nickelbrille auf und ab. Sie hatte die Angewohnheit, die Nase im Minutentakt zu kräuseln. Diese Tatsache hatte Generationen von Kindern Grund zur Heiterkeit geliefert. Sie hatte es wohl bemerkt, aber diese Nanny hatte zu viel Herz für ihre kleinen Freunde übrig, als dass sie hätte böse werden können. Und dafür hatte man sie auch so sehr geliebt.

Hortensia blätterte viele Seiten zurück in ihrem Album. Sie stoppte kurz bei einem bereits leicht vergilbten Foto eines kleinen Mädchens mit hellen Löckchen. Das Kind blickte lächelnd in die Kamera. Fest in ihrem Arm hielt sie einen Teddy mit einer Schleife um den Hals. Neben ihr stand ein schlaksiger dunkelhaariger Junge. Er blickte nicht in die Kamera und sah zornig zur Seite. Hortensia liefen Tränen über die faltigen Wangen. Zärtlich strich sie mit der linken Hand über das Foto des kleinen Mädchens. Sie seufzte und schüttelte traurig den Kopf.

„Mein kleines Püppchen, warum musstest du nur vor mir gehen."

Sie drückte die Hand gegen ihr Herz. Immer wenn sie in dieses hübsche Kindergesicht sah, kamen ihre Herzschmerzen zurück.

Sie erhob sich schwerfällig, als ob sie das Gewicht der Welt auf dem Rücken tragen müsse, und ging zu dem kleinen Medizinschrank in der Küche. Die Tropfen fielen als rötliche Flüssigkeit auf den Teelöffel in ihrer Hand. Nur ein paar Tropfen hatte der Arzt gesagt und sie hielt sich daran.

Nach einer halben Stunde ging es ihr besser.

Es klopfte. Hortensia öffnete mit ihrem bekannten fröhlichen Lächeln die Tür.

„Miss Peachwood, hallo, wie geht es Ihnen heute? Ich habe hier Post für Sie."

Es war Marlen, die älteste Tochter der Familie. Auch dieses Kind hatte Hortensia in den Schlaf gewiegt.

„Danke Marlen, das ist nett. In deinem Zustand solltest du aber nicht die vielen Stufen heraufkommen. Wann ist es denn soweit, meine Liebe?"

Liebevoll strich Marlen über die dicke Wölbung ihres Bauches.

„Oh, es kann sich wohl nur noch um Tage handeln, meint Dr. Bruster. Das Kleine ist schon überfällig. Aber er meint, Bewegung wäre richtig für mich und ich komme doch gern zu Ihnen."

Hortensia lächelte.

„Post für mich? Sicher Weihnachtskarten von der Familie. Hab´ einen wunderbaren Tag heute."

Marlen nickte ihr zu und verschwand.

Es war ein großer grauer Umschlag. Nur ihr Name stand darauf. Es gab keine Marke, keinen Poststempel und keinen Absender.

„Seltsam", murmelte Hortensia. Als sie das Blatt herausnahm, musste sie ihre Brille zurechtrücken, um besser sehen zu können. In der oberen Mitte prangte das Symbol eines verdorrten Gänseblümchens.

Es dauerte drei Tage.

18

Dann erschien es Marlen eigenartig, dass man lange kein Lebenszeichen von der Mieterin in der Mansarde gehört hatte. Aber das Haus war auch seit Tagen in Aufregung, da nun endlich das jüngste Kind der Familie angekommen war. Da hatte man gar nicht mehr an die Dame in der Mansardenwohnung gedacht. Marlen schickte das Zimmermädchen hinauf, um die frohe Botschaft zu verkünden.

Nun stand das Mädchen vor der Tür zu Miss Peachwoods kleiner Wohnung und klopfte zum wiederholten Mal.

Von der anderen Seite der Tür kam keine Antwort. Inzwischen hatte sich auch die Köchin des Hauses dazu gesellt. Die beiden sahen sich ängstlich an. Das Hausmädchen drückte ihr Ohr ganz fest an die Tür und horchte.

Nichts. Dann fasste sich die Köchin ein Herz und drückte die Klinke herab.

Es war eiskalt in dem kleinen Wohnraum. Das Feuer im Ofen musste bereits seit Tagen nicht mehr geschürt worden sein. Das Hausmädchen blieb in der Tür stehen und wies der Köchin die Tür zum Schlafzimmer. Zögernd öffnete sie die Tür und prallte sofort zurück. Durch die Kälte war die Tote zwar noch nicht so stark verfallen, aber die Leichenblässe war unverkennbar.

Sie schloss schnell die Tür und hielt sich ein Taschentuch vor das Gesicht. Das Hausmädchen hatte zwar gar nichts gesehen, dafür schrie es nun umso lauter, so dass das gesamte Personal zusammenlief. Eine Stunde später wimmelte der Raum vor Beamten von Scotland Yard.

Die Leiche der alten Dame wurde herausgetragen und Hortensia Peachwood machte sich auf ihren letzten Weg.

Im Wohnzimmer stand Inspector Morris. Eine tiefe nachdenkliche Falte erschien zwischen seinen Augen. Einer der Constable hatte ihm die leere Flasche mit der rötlichen Medizin und eine kleine Brosche in Form eines Gänseblümchens überreicht.

Diese Dinge und einige hingeworfene Worte auf einem Stück Papier hatte man in den Händen der Toten gefunden.

„Hm, schon wieder ein Selbstmord also. Und wieder wohl eine eindeutige Geschichte, nicht wahr? Gefällt mir ganz und gar nicht. Constable", rief der Inspector einem der Beamten zu, „ich will einen genauen Bericht des Rechtsmediziners auf meinem Tisch, wenn möglich gestern. Sagen Sie das dem alten Knochensucher. Ach, und nehmen Sie auch dieses Medizinfläschchen mit."

Mit dem alten Knochensucher war der leitende Rechtsmediziner Dr. Seeker gemeint. Es war bekannt, dass er nicht nur ein sehr fähiger Rechtsmediziner war, sondern in seiner Freizeit auch auf Saurierknochenjagd ging. Deshalb wurde er oftmals belächelt.

Inspector Morris sah sich den Abschiedsbrief der Toten genauer an. Die Schrift war unsauber und sah aus, als wäre sie mit zitternder Hand geschrieben. Nur einige wenige Worte.

*Ich werde jetzt gehen. Ein Leben kommt – ein Leben geht. So war es immer. Das Gänseblümchen soll an Mr Arthur Reginald Beanstock übergeben werden, wohnhaft auf Parsley Manor, in Parsley Field.*

Damit war dann wohl diese unscheinbare Brosche gemeint.

Inspector Morris kratze sich an der Nase. Er hatte eine recht große Nase und ein rundes Gesicht. Die rundliche Statur verdankte er wahrscheinlich den leckeren Sahnetörtchen seiner Mutter. All das zusammengenommen gab ihm das Aussehen eines Hobbits.

Aber dieser Nase hatte er schon viele aufgeklärte Verbrechen zu verdanken und wenn sie, wie im Moment, juckte, stimmte irgendetwas ganz und gar nicht.

Nun, hier gab es nichts mehr für ihn zu tun. Der Constable würde die Aussagen des Personals und der Bewohner des Hauses aufnehmen und protokollieren. Der Inspector stieg die enge Treppe hinab, ging durch den Dienstbotenbereich zum Wohnbereich der Hausherren und trat auf die Straße.

Sein Wagen stand bereit und es verlangte ihn nach einer heißen Tasse Tee.

Inzwischen war es dunkel geworden und die Straßenlaternen warfen kleine helle Höfe auf den Gehsteig. Es hatte wieder begonnen zu schneien. Wie ein weißes unberührtes Grabtuch lag der zarte weiße Puder auf den Wegen.

Eine leise gepfiffene Melodie schwang durch die Stille der Nacht und Inspector Morris war sich nicht sicher, ob er sie schon einmal gehört hatte oder seinen Sinnen nicht mehr trauen konnte. Dann war die Melodie verschwunden.

„*It´s only a Papermoon*, ja so heißt das Lied, endlich fällt es mir ein", diese Bemerkung kam von dem wachhabenden Constable vor dem Haus. Der Inspector sah den Mann verwundert an.

„Sie können sich sicher nicht mehr daran erinnern Inspector. Ich stand auch bei dem Selbstmordfall dieses But-

21

lers auf der Straße Wache und genau diese Melodie war dort auch zu hören. Nur konnte ich nicht sagen, wie das Lied hieß. *It´s only a Papermoon*, ein altes Lied aus den Dreißigern, glaube ich. Interessiere mich sehr für Musik…"

Der Constable sah das überraschte Gesicht des Inspectors und unterbrach seinen Redeschwall.

„Bitte verzeihen Sie, Sir, wollte Sie nicht aufhalten, Sir!" Er nahm Haltung an.

„Alles in Ordnung, Constable, weitermachen."

Inspector Morris nickte ihm aufmunternd zu und horchte in die Nacht. Aber da hörte er nur noch das leise Wispern der vom Wind bewegten Bäume.

Inspector Morris Nase juckte.

# Parsley Manor

Das Leben begann wieder normal zu funktionieren. Niemandem kam das mehr entgegen als Arthur Reginald Beanstock, dem Butler der Baronets Parsley. Die Wochen nach den schrecklichen Morden hatten sich zu einem täglichen Kampf mit der Presse und dem öffentlichen Interesse entwickelt. Der Butler Lady Fedoras und Sir Percivals hatte sein Bestes gegeben, um sie vor der Neugierde der Massen abzuschirmen.

Nun, einen Monat nach dem Gerichtsverfahren in London, in dem der überführte Mörder für unzurechnungsfähig erklärt worden war und sein Leben in einer Strafanstalt für psychisch kranke Verbrecher verbringen würde, kehrte langsam Normalität in Parsley Field im Jahre 1952 ein. Doch in dem kleinen Ort hatte sich einiges verändert.

Das Geschäft der Witwe Bloom lieferte Beanstock immer noch die geliebten Kriminalromane. Aber wenn er es in den letzten Wochen betreten hatte, sah er des Öfteren die nette weißhaarige Dame mit einem der Bonbongläser in der Hand versonnen aus dem Fenster starren. Wahrscheinlich vermisste sie den Postmann und seinen täglichen Besuch, der immer mit einem der köstlichen Himbeerbonbons aus ihrem Angebot endete. Woher die Witwe Bloom ihre süßen Sachen in dieser furchtbaren Zeit der Entbehrungen bezog, wussten nur der Butler und Sir Percival. Denn es gab noch immer die Rationierung auf Süßigkeiten im Königreich.

Jeder in dem kleinen Ort hatte fast täglich mit dem Postboten Mr Partridge Neuigkeiten ausgetauscht. Aber er hatte Parsley Field verlassen.

Sean O`Donoghue, der Besitzer des Pubs *Jack O `Lantern*, sah ab und zu, wenn er am Morgen beim Tee an einem seiner Tische saß, von seiner Morgenzeitung auf und blickte zur Tür. Der Postbote hatte an jedem Morgen zu ihm hereingesehen, auch wenn keine Briefe abzugeben waren.

Nun wurde die anfallende Post vorübergehend vom Nachbarort zugestellt. Einmal in der Woche kam ein kleines Postauto und lieferte Pakete und Briefe aus. Am Steuer ein missmutiger dürrer Mann mit einem Kopf, der die Form einer Erbse hatte und der kein Hehl daraus machte, dass ihm diese Zusatztour nicht gefiel.

Die Witwe Bloom hatte sich bereits mit harschen Worten an die Postbehörde Ihrer Majestät gewandt. Sie, als Besitzerin des gut gehenden Geschäfts *Alles was der Landmann braucht*, war nicht bereit, ihre Kunden wochenlang auf die bestellten Waren warten zu lassen. Schließlich wäre man ja hier wohl nicht in einer weit entfernten Kronkolonie und müsse dem ankommenden Postschiff entgegenfiebern.

In der Praxis der Winterbottoms saß die alte Mrs Hazelwood am Tresen, die eigentlich ihren Ruhestand hatte genießen wollen, aber von Dr. Bruce Winterbottom, dem praktischen Arzt im Ort, zur Rückkehr überredet worden war. Sehr zum Ärger des kleinen Timmy, der Mrs Hazelwood nicht ausstehen konnte. Ihre dicken Brillengläser sahen aus wie Flaschenböden, und ihre Augen dahinter sprangen wie kleine runde Käfer unter einer Lupe auf und ab. Die zu einem

24

strengen dicken Knoten gebundenen Haare hatten die Farbe von Asche, und der kleine fantasiereiche Timmy war sicher, dass sie eine böse Fee mit einer Spritze als Zauberstab war, nur erschienen, um ihn zu quälen.

Aber auch im Haus der Baronets gab es nun ein neues Gesicht. Elizabeth Trilby, das neue Hausmädchen, die sich ausgebeten hatte, Lizzy gerufen zu werden, hatte sich unter den Bewerberinnen auf den beliebten Posten bei den Baronets durchgesetzt.

Ihre aufgeweckte frische Art und die guten Referenzen hatten den Butler und die Hausdame Mrs Argyle überzeugt.

Sie war ein kräftiges Mädchen. Ihre schwarzen Haare waren nach der neuesten Mode sehr kurz zu einem Bob geschnitten. Die braunen, mit kleinen gelben Tüpfeln gesprenkelten Augen schienen wie glänzende Sterne in der Nacht. Diese Tatsache gab dem Chauffeur Gonzales sofort den richtigen Einstieg um einen kleinen Flirt zu beginnen. Leider kam er damit bei dem Mädchen nicht gut an, die sich billige Avancen verbat. So drückte sie ihr Missfallen aus, entschärfte ihre Worte allerdings sofort mit einem Zwinkern und zauberte dadurch ein schiefes Lächeln auf das Gesicht des Spaniers.

Bereits nach den ersten Wochen ihrer Tätigkeit im Haus der Baronets Parsley konnte Mrs Argyle dem Butler berichten, dass man die richtige Wahl getroffen hatte. Zufriedenheit breitete sich aus auf Parsley Manor.

Das Ende des Jahres kündigte sich mit Schnee an. Er fiel bereits in der Nacht in dicken weißen Flocken und bedeckte den Boden mit einer glitzernden Decke.

Der Gärtner Herringbone beschränkte seine Tätigkeiten vor allem auf das große Gewächshaus und kümmerte sich dort um die kälteempfindlichen Pflanzen.

Sehr zur Freude seines Katers Mortecai. Es gab dann eine Schale Milch mehr, ein leckeres Häppchen zu holen oder eine streichelnde Hand für das weiche Fell des Katers. Wenn auch noch vor den Glasscheiben des Gewächshauses sein Erzfeind, der Beagle Junior, im Schnee vorbeistapfte und mit traurigen Augen zu dem warmen Haus blickte, konnte der Tag für Mortecai nicht besser werden. Genüsslich streckte er sich auf seinem weichen dicken Kissen am Fenster, strich mit der Pfote den Bart glatt und funkelte den Hund aus seinen Augen belustigt an.

Die Tür zum Gewächshaus öffnete sich, und Lady Fedora, dick eingemummelt in ein beigefarbenes Pelzcape, erschien. Schnell schloss sie die Tür wieder und schüttelte dabei die zarten Flocken aus ihrem Haar.

Der Gärtner stand mit einer Schere bewaffnet an einem der großen Töpfe und schnitt die Engelstrompete zurück.

„Nicht zu viel schneiden, mein guter Herringbone", meinte Lady Fedora und begutachtete den mit abgeschnittenen Zweigen gefüllten Korb neben dem Gärtner.

„Nur was nötig ist, nur was nötig ist", murmelte der Gärtner und schnippte den nächsten Ast in den Korb. Dann wandte er sich zu Lady Fedora um und sah sie fragend an.

„In diesem Jahr haben wir uns entschlossen, eine schon seit langem geplante Reise anzutreten. Deshalb wird nur ein Weihnachtsbaum für das Personal benötigt. Wir werden erst im späten Januar zurück sein.

Auf die Weihnachtsarrangements möchte ich deshalb aber nicht verzichten. Wie immer benötigen wir fünf Gestecke für den Wohnbereich sowie ein großes Bouquet für den Earl of Southcoffelton und seine Gattin, die wir am Mittwoch dieser Woche besuchen werden. Bitte kümmern Sie sich darum."

Der Gärtner wunderte sich zwar etwas, denn dergleichen Instruktionen wurden eigentlich von dem Butler My Ladys überbracht, aber er wusste genau, warum Lady Fedora persönlich erschien. Es war in jedem Winter die gleiche Prozedur. My Lady hatte Angst, dass ihr Gärtner zu viel von ihren geliebten wertvollen Pflanzen zurückschneiden würde. Herringbone nahm es hin.

Interessiert glitten ihre Blicke über die eingelagerten Topfpflanzen. Der Gärtner registrierte es mit der ihm eigenen Gelassenheit. Lady Fedora seufzte, legte sich ihr Cape eng um die Schultern und nickte Herringbone resigniert zu.

„Es gibt noch so viel zu bedenken vor unserer Reise. Also mein guter Herringbone, nicht zu viel!" Lady Fedora erhob drohend den Zeigefinger.

„Nur was nötig ist, My Lady", murmelte er erneut.

Dann verließ sie zur großen Freude des Gärtners das Gewächshaus und ging auf dem vom Schnee geräumten Weg zurück zum großen Haus. Dort wartete bereits ihr Gemahl mit einer heißen Tasse Tee und einem guten Schuss, wie er sich auszudrücken pflegte. Der Butler nahm ihr das Cape ab, beugte leicht den Kopf und meinte: „Sir Percival erwartet Sie im Salon, My Lady."

Das Telefon klingelte. Beanstock nahm in der Halle das Gespräch entgegen.

Aber es würde nicht nötig sein, Sir Percival den Hörer zu übergeben.

„*Daisy Chain*, Mr Beanstock", ertönte es am anderen Ende der Leitung. Die Miene des Butlers verdüsterte sich zusehends.

Nachdem Beanstock aufgelegt hatte, erschien eine sorgenvolle Falte zwischen seinen Augenbrauen. Sein Blick fiel in die offene Tür des Salons, wo Sir Percival und Lady Fedora in angeregtem Gespräch über die bevorstehende Reise waren. Beanstock atmete tief ein und straffte mit einer energischen Handbewegung sein Jackett. Dann räusperte er sich und begab sich in den Salon. Gerade war das helle Lachen My Ladys zu hören.

„Dürfte ich Sie kurz sprechen?", fragte Beanstock und senkte leicht den Kopf.

„Aber natürlich mein Bester, was gibt es denn? War das Telefongespräch für Sie? Doch hoffentlich nichts Schlimmes? Sie sehen ja aus, als hätten Sie einen Geist gesehen?" Sir Percival setzte seine Teetasse auf dem Tisch ab.

„Es ist eine etwas heikle Angelegenheit, die sich leider soeben ergeben hat. Ich müsste nach London reisen."

Das Ehepaar sah sich erstaunt an.

„Nun, das dürfte doch kein Problem sein, mein bester Beanstock. Gonzales wird Sie fahren und Sie besorgen noch ein paar Dinge in London. Auf diese Weise ist jedem gedient."

Der Butler räusperte sich erneut.

„Leider ist es so, dass ich voraussichtlich längere Zeit in London verweilen müsste, um die Angelegenheit zu klären.

Sogar so lange, dass es Ihre Reisepläne stören könnte. Ich kann mich nur für die Unannehmlichkeiten entschuldigen. Wenn es Ihnen nichts ausmacht, würde ich für mich einen seriösen und natürlich respektablen Vertreter bestimmen. Ich hoffe, Sie können verstehen, wie wichtig diese Angelegenheit ist. Niemals würde es mir einfallen, entgegen Ihren Anweisungen zu handeln, und ich würde auch verstehen, wenn Sie es nicht akzeptieren."

Sir Percival sah seine Frau verwundert an und erhob sich langsam von seinem Sessel.

„Aber Beanstock, so schlimm waren die Nachrichten am Telefon?"

Der Butler nickte leicht und sah seinen Arbeitgeber gespannt an. Wie würden sie entscheiden? Den Plänen seiner Herrschaft solche Steine in den Weg zu legen, war im höchsten Maße unangenehm.

Ein anderer Mensch als Sir Percival, der Baronet von Parsley, hätte vielleicht auch anders entschieden.

Ein Baronet gehört im Unterschied zu den Barons nicht zum britischen Hochadel. Baronets bilden zusammen mit den Knights die sogenannten Gentry, den niederen Adel. Der Titel ist erblich, wird aber auch oft noch vom amtierenden Monarchen vergeben.

Sir Percival war bereits der achte Baronet von Parsley und blickte auf eine lange Ahnenreihe zurück. Er war stolz auf seine Vorfahren, die das ihnen verliehene Landgut Parsley Manor immer mit viel Verstand verwaltet hatten. Aber jeglicher Standesdünkel lag ihm fern. Er war immer für seine Pächter zu sprechen und stand den Bewohnern Parsley

Fields stets mit Rat und Tat zur Seite. Wahrscheinlich war er deshalb der beliebteste Vertreter seines Standes in der Gegend.

„Ich denke, ich spreche im Namen meiner lieben Frau, wenn ich Ihnen versichere, dass wir Sie unterstützen. Wir können uns dieses Haus ohne unseren Beanstock nicht mehr vorstellen und ich glaube, Sie hatten doch seit Jahren keinen richtigen Urlaub mehr, nicht wahr? Warum nehmen Sie nicht jetzt einige Tage frei? Ich bin sicher, wir finden eine für alle Seiten angenehme Lösung."

Lady Fedora stand nun ebenfalls neben dem Butler, legte ihm eine Hand auf den Arm und sagte: „Meine Zofe Miss Arbuckle begleitet uns und kümmert sich um meine Belange. Wir reisen mit Lord Mortimer und seiner Gemahlin Lady Marjorie, den Earls of Southcoffelton. Glücklicherweise haben sie sich entschlossen einen neuen Butler einzustellen. Der alte Butler wurde meist schlafend in irgendwelchen Ecken der weitläufigen Burg gefunden und benötigte zunehmend Hilfe. Sie wissen schon. Also haben sie sich entschieden, ihn zwar weiterhin auf der Burg wohnen zu lassen, aber einen neuen jüngeren Vertreter der Innung einzustellen. Man hat sich von Ihrer Empfehlung leiten lassen, mein guter Beanstock. Ich bin sicher, für die Reise genügt es, einen Butler für die beiden Herren mitzunehmen. Und mein Percival kommt ganz gut für einige Zeit allein zurecht. Mit dieser Lösung ist uns allen gedient nicht wahr?"

Beanstock hatte gar kein gutes Gefühl. Aber was sollte er tun. Er war der Verbindung *Daisy Chain* verpflichtet, und man hatte ihn aufgrund seiner kriminalistischen Fähigkeiten um Hilfe gebeten. Der neue Butler des Earls of Southcoffelton war ein fähiger Mann mit einer sehr guten Ausbildung. Beanstock hatte ihn mit gutem Gewissen empfehlen können.

Er seufzte.

„Ich danke Ihnen sehr für die Worte Lady Fedora. Wenn es Ihnen recht ist, werde ich für die nächste Woche planen, wenn Sie zu Ihrer Reise aufgebrochen sind. Ich werde alles vorbereiten und mit Mrs Argyle genau besprechen. So werden hier in Parsley keine Probleme zu erwarten sein. Vielen Dank für Ihr Verständnis."

„Ach, und Beanstock", versetzte Sir Percival, „Sie werden Gonzales und den Bentley mitnehmen, ich bestehe darauf. Wenn er uns nach Dover gebracht hat, wird hier kein Chauffeur gebraucht werden und der Bentley braucht Bewegung."

Er zwinkerte seiner Frau verschwörerisch zu.

„Gut, dass Sie nicht vor ein paar Tagen in London gewesen sind. Es soll in diesem Jahr mit dem Nebel besonders schlimm gewesen sein. Man hat Todesopfer zu beklagen. Die Regierung ihrer Majestät sollte doch wirklich etwas dagegen unternehmen oder Perci, Darling?"

„Oh ja, Liebes, eine Katastrophe biblischen Ausmaßes kam da am 6. Dezember über London. Premierminister Churchill hat viel zu spät reagiert. Das ist meine Meinung", schimpfte Sir Percival.

Beanstock beugte leicht den Kopf und verließ den Salon in Richtung des Küchenbereichs.

„Gut gemacht, Perci, aber hättest du ihn nicht nach dem Grund fragen müssen, Darling?", wandte sich My Lady besorgt an ihren Mann.

„Wenn Beanstock uns etwas mitteilen wollte, hätte er es getan. Ich bin sicher, er weiß, dass wir ihm Hilfe leisten würden. Aber ich werde nicht in ihn dringen. Du hast doch gesehen, wie unangenehm ihm das alles ist, meine Liebe. So hat er Gonzales an seiner Seite und das sollte uns beruhigen."

Lady Fedora nickte, schenkte sich eine neue Tasse Tee ein und sah besorgt in die Richtung, in die der Butler verschwunden war.

Sir Percival griff zu dem Buch neben seiner Tasse und vertiefte sich in die Lektüre über die Rosenkriege zwischen den Adelsfamilien York und Lancaster. Aber es sollte ihm nicht gelingen sich zu konzentrieren, und als er bemerkte, dass er die Seite nun schon zum dritten Mal las, legte er das Buch zurück auf den kleinen Salontisch.

Inzwischen saß der Butler in seinem Büro im Dienstbotenflügel und besprach mit der Hausdame Mrs Argyle die nötigen Schritte bis zur Abreise der Herrschaft sowie die notwendigen Aufgaben während seiner Abwesenheit.

Dabei legte er großen Wert darauf, dass nochmals ein Gespräch mit der Zofe Miss Arbuckle geführt werden müsse. Es war im Haushalt allgemein bekannt, dass Filomena Arbuckle an manchen Tagen leicht zerstreut wirkte, und es war bereits mehrmals vorgekommen, dass My Lady nicht vorschriftsmäßig frisiert oder gekleidet gewesen war.

In Gegenwart des Earls of Southcoffelton und seiner Gemahlin sowie bei eventuellen Treffen während ihrer Auslandsreise war es unbedingt nötig, die Form zu wahren, die der Stellung der Baronets zustand. Man redete ihr also nochmals intensiv ins Gewissen und nachdem Mrs Argyle aus ihren Haaren eine Nadel samt Faden geangelt hatte, erkannte die Zofe auch die Wichtigkeit dieses Gesprächs an.

„Wir werden Sie vermissen Mr Beanstock", sinnierte die Hausdame. „Das Weihnachtsfest wird sehr seltsam in diesem Jahr werden. Die Herrschaften in der Ferne, Sie und Gonzales im fernen London und letztendlich ein Fest ohne die liebe Bernice. Sie fehlt uns, auch wenn sich Lizzy zu einem guten Hausmädchen für Parsley Manor entwickelt hat. Es wird ein seltsames Fest."

„Glauben Sie mir, Mrs Argyle, wenn ich Ihnen sage, dass ich lieber an der Seite Sir Percivals wäre."

Lärm von zerspringendem Geschirr holte sie in die Wirklichkeit zurück. Das intensive Schimpfen danach aus Richtung der Küche war ihnen nur zu vertraut.

„Phillis", sagten die beiden gleichzeitig mit hochgezogenen Augenbrauen.

# Parsley Manor, Dezember

Die Vorbereitungen für die Reise der Baronets und ihrer Freunde, dem Earl of Southcoffelton und dessen Frau Lady Marjorie, in das geheimnisvolle Ägypten waren abgeschlossen. In der großen Halle standen die Koffer bereit. Harrison und Gonzales beluden bereits den Bentley mit Koffern und Taschen.

Die vier Reisenden hatten sich im Salon für eine letzte Tasse Tee und Mrs Porkpies berühmte Weihnachtskekse versammelt. Es herrschte aufgeregte Stimmung. Vor allem den beiden Damen sah man die Vorfreude an. Lange war diese Reise geplant gewesen, durch die Wirren des Krieges aber immer wieder verschoben worden. Beanstock erschien im Salon und vermeldete, dass der Wagen zur Abfahrt bereitstehe.

Alle Angestellten des Haushalts waren in der Halle angetreten, um die Herrschaften zu verabschieden. Außerdem standen der neue Butler der Southcoffeltons, Henri, und die Zofe My Ladys, Filomena, bereits in Hut und Mantel bereit. Filomena hatte rosa Flecken auf dem Gesicht. Beanstock hoffte, dass es die Aufregung vor der Reise war und nicht zu großzügig aufgetragenes Rouge.

Sir Percival hielt eine dröhnende Rede und wünschte allen ein frohes Weihnachtsfest. Dann richtete er seine Aufmerksamkeit kurz nach unten, wo sich Junior winselnd und mit hängenden Ohren an seine Seite drückte. Der Beagle spürte, dass etwas passierte, was nicht besonders angenehm für ihn sein könnte. Zärtlich streichelte Sir Percival dem Tier über den Kopf.

„Kümmern Sie sich bitte gut um den lieben Junior."

„Darling, es wird Zeit. Ich glaube nicht, dass unsere Fähre nach Calais wartet, wenn wir zu spät ankommen", gab Lady Fedora nervös zu bedenken. „Der Orientexpress fährt heute Abend um zweiundzwanzig Uhr ab. Wir haben einen straffen Zeitplan, den wir einhalten müssen."

Sir Percival strich seiner Frau zart über den Arm.

„Ganz ruhig, Liebes, wir haben genügend Zeit, um den Zug zu erreichen und es ist der Simplon-Orient-Express, das hatte ich dir doch erklärt. Er fährt von Calais nach Neapel und von dort nehmen wir das Schiff nach Alexandria."

Dann klatschte er vergnügt in die Hände, schlug seinem Butler Beanstock auf die Schulter, der sich gerade noch fangen konnte und folgte breit grinsend seiner Frau nach draußen. Es war eisig kalt geworden. Dicke Eiszapfen hingen an den Bäumen und verwandelten den Garten in einen Märchenwald.

Der Bentley fuhr aus der Einfahrt, und die Dienerschaft des Parsley Manor Haushaltes winkte noch lange dem davonbrausenden Auto nach. Mr Beanstock seufzte und seine Nackenhaare begannen zu kribbeln, wenn er daran dachte, dass seine Herrschaft ohne einen eigenen Butler reisen musste. Dann begab er sich in sein Büro, um letzte Anweisungen niederzuschreiben.

Wenn der Chauffeur am Nachmittag zurück sein würde, hatte man eine kleine vorgezogene Weihnachtsfeier mit allen

Anwesenden geplant. Der Duft des reichhaltigen Früchtekuchens á la Mrs Porkpie durchzog bereits das gesamte Haus und ließ manche Nase genüsslich kribbeln.

Geschenke für ihre Angestellten hatten die Baronets fertig gepackt an Beanstock übergeben und nun stapelten sich kleine Pakete mit glitzernden Anhängern und Schleifen in seinem Büro.

Beanstock sah von seinem Notizbuch auf und sein Blick wanderte in eine ferne Zeit. Er hatte aushilfsweise bei einem Lord Yoster gearbeitet, da dessen Butler erkrankt war. Kurz vorher war Beanstocks Mutter gestorben, und er hatte sich gerade für die Anstellung bei den Baronets von Parsley beworben.

Es hatte Kinder im Haushalt gegeben und natürlich auch eine Nanny. Hortensia Peachwood war für ihn zu einer Ersatzmutter geworden. Wie gut sie ihn verstanden hatte. Er hatte all die nachfolgenden Jahre mit ihr in regem Briefaustausch gestanden und nun war sie tot. Nach all dem, was ihm der momentane Präsident der *Daisy Chain* Gruppe in London mitgeteilt hatte, war es Selbstmord. Aber es waren Ungereimtheiten aufgetaucht. Und es war nicht der erste Selbstmord in der letzten Zeit.

Und dann war da noch die kleine Brosche. Warum hatte Hortensia verfügt, dass sie ihm übergeben werden sollte? Das hatte etwas zu bedeuten. Seine kriminalistischen Instinkte waren sofort hellwach gewesen, als er davon hörte. Beanstock war es seiner alten Freundin schuldig, die Sache aufzuklären. Seine Augen begannen feucht zu werden. Warum sollte sich diese herzensgute Frau umbringen?

Er schüttelte den Kopf, um die düsteren Gedanken zu vertreiben.

Am nächsten Tag würde er sich endlich auf den Weg nach London machen können. Dann würde er herausbekommen, was mit seiner alten Freundin passiert war.

Sein Koffer stand bereit, obenauf der neueste Krimi seiner Lieblingsautorin.

# Das Verlangen eines Dienstmädchens

Sweet Susie hatte man sie in ihrer Jugend genannt. Wie lange das nun schon vorbei war. Die Jahre hatten es zwar gut mit ihr gemeint, aber die Fältchen um Mund und um Augen, die in einem Smaragdgrün zu explodieren schienen, waren nicht mehr zu übersehen.

Susan Dashwood hatte ihr vierzigstes Lebensjahr erreicht und fühlte sich an manchen Abenden bereits wie sechzig. Mit der jahrelangen erlernten Routine stand sie morgens als eine der ersten auf und erledigte routiniert ihre Morgentoilette. Nur einen Hauch Lavendel, die lockigen blonden Haare mit der Bürste zum Glänzen gebracht und mit einer dunkelblauen Schleife zusammengehalten, dann die Schürze umgebunden, ein letzter Blick in den Spiegel und der Tag konnte beginnen.

Die Arbeit im Haus ihres Dienstherren Sir Thomas Cuthbert Tirell hatte ihr schon einiges abverlangt. Zumal die Dame des Hauses nicht einfach zu ertragen war. Für sie war die angesehene Position ihres Mannes im House of Commons das Tüpfelchen auf dem I in ihrer Ehe gewesen. Manchmal hatte Susan den Eindruck, als würde ihre Herrin selbst im Parlament sitzen und regieren. So führte sie sich jedenfalls im Haushalt des prachtvollen Stadthauses in Mayfair auf.

Es war eine dieser arrangierten Ehen gewesen, wie man sie aus den Jane Austen Romanen kannte. Mann mit Geld und gutem Namen heiratete Frau mit noch mehr Geld. Aussehen und Liebe waren nicht das wichtigste Kriterium.

So hatten sich die beiden Ehepartner bereits nach ein paar Jahren kaum noch etwas zu sagen. Sir Thomas war den gesamten Tag im Parlament und, wenn er zuhause war, in seinem Büro. Die Dame des Hauses hingegen brachte ihre Tage mit Einkäufen, Kosmetikstudiobesuchen, die wohl kaum etwas verbessern könnten, Besuchen bei gleichgesinnten Freundinnen und dem Drangsalieren des Personals zu.

Aber, wie in den Romanen von Jane Austen, der Schein nach außen musste unbedingt gewahrt werden. Nichts und niemand durfte den einflussreichen Posten Sir Thomas Cuthbert Tirells ins Wanken bringen. Eine Scheidung bedeutete Verlust des Ansehens und letztendlich der Stellung in der Gesellschaft.

Nachdem Susan ihre morgendlichen Pflichten erledigt hatte, klingelte bereits die Hausherrin Sturm. Es gehörte zu Susans Pflichten, der Zofe ihrer Herrin zur Hand zu gehen. Das bedeutete, sie bekam die Schuld an allem, was schiefging. Sie seufzte und machte sich auf den Weg in das Schlafzimmer ihrer Herrin. Was würde es heute sein?

Auf dem Weg nach oben traf sie auf den Butler der Familie, einen verknöcherten dünnen Mann ohne jeden Humor. Sein Gesicht ähnelte mehr einer Zitrone als einem menschlichen Antlitz.

„Beeilen Sie sich, Madame hat es heute Morgen eilig. Es ist ein Brief für Sie im Dienstbotenbereich abgegeben worden. Keine besonders guten Manieren, einen Brief einfach auf der Schwelle vor dem Haus abzulegen. Weisen Sie den

Briefschreiber darauf hin, dass so etwas in diesem Haus nicht geduldet wird. Und nun hopp, gehen Sie."

Susan knickste leicht und lief weiter die Treppe hinauf. Was sollte denn das für ein Brief sein? Sie erwartete nichts. Ihre Familie war in der ganzen Welt verstreut und sie hörte fast niemals von ihnen. Das musste warten bis zum Abend. Zu vielfältig waren ihre Aufgaben.

Wie erwartet, gab es im Gemach ihrer Hoheit, der Hausherrin, wieder einmal Ärger, den Susan auszubaden hatte. Sie wurde bereits, nachdem sie den Raum betreten hatte, mit einem ärgerlichen Blick bedacht.

„Wieso kann man in diesem Haus kein wirklich heißes Bad nehmen, wenn man es verlangt. Das Wasser war wieder nur lauwarm. Muss ich mich denn um jede Kleinigkeit in diesem Haushalt kümmern. Tun Sie endlich Ihre Pflicht oder verlassen Sie uns. Ich denke, es gibt genügend Mädchen, die Ihren Posten übernehmen würden. So, und nun holen Sie mir Tee und trödeln Sie nicht." Die Dame drehte sich mit hochgezogenen Augenbrauen zu dem großen Kristallspiegel um und ließ sich von ihrer Zofe den Morgenmantel anziehen.

Susan knickste erneut leicht und ging. Uff, wieder einmal das Badewasser. Dabei wartete Madame immer viel zu lange, bis sie in die Wanne stieg. Dann war es natürlich schon kälter.

Susan beeilte sich in die Küche zu kommen, das Teetablett zu greifen und damit wieder die breite Marmortreppe zu den Schlafzimmern zu erklimmen. An manchen Tagen, wenn Mrs Tirell das Haus nicht verließ, fühlte sie sich wie ein Bergsteiger, so oft lief sie diese Treppe auf und ab.

Wenn in diesem Haus nicht etwas wäre, das sie hier mit Macht festhielt, wäre sie schon längst gegangen. Aber es kam nicht in Frage. Sie würde ihn niemals verlassen.

Der Abend kam und mit ihm der Hausherr. Die Dame des Hauses hatte sich am frühen Abend zu einer Gesellschaft bringen lassen und würde erst spät zurückerwartet. Es trat Ruhe ein im Haus. Sir Thomas arbeitete bis spät in die Nacht und ließ sich von seinem Butler nur ein leichtes Abendessen servieren.

Susan Dashwood hielt einen großen grauen Briefumschlag geöffnet in der Hand. Das kleine verwelkte Gänseblümchen auf dem Bogen war kaum zu erkennen. Das Dienstmädchen sah mit leerem Blick aus dem Fenster ihres Zimmers und blickte mit Tränen in den Augen den fallenden weißen Flocken nach. Wie konnte so ein schöner Wintertag so böse enden, dachte sie noch. Dann erhob sie sich, warf den Brief ins Feuer und ging zum letzten Mal die große Marmortreppe hinauf in das Schlafzimmer ihrer Dienstherrin. Im oberen Fach des Nachtschrankes lag das Röhrchen mit den Schlaftabletten. Auf der Straße vor dem Haus stapfte durch den fallenden Schnee eine dunkle Gestalt und pfiff ein Lied, *It's only a Papermoon.*

Erst am nächsten Tag kam der Anruf und erneut musste Inspector Morris einen Selbstmord untersuchen.

# London

Es hatte getaut und der Schnee lag in schmutzig grauen Bergen um das Haus Parsley Manor.

Gonzales hatte Beanstocks kleinen braunen Koffer im Kofferraum des Bentleys verstaut und ging nun zum Eingang zurück um seine Reisetasche zu holen. Mr Beanstock stand am Eingang und gab der Hausdame Mrs Argyle letzte Anweisungen.

„Auf meinem Schreibtisch liegt die Adresse, unter der Sie uns erreichen können, wenn es Probleme geben sollte, was ich natürlich nicht erwarte. Falls die Pension, in der wir absteigen, einen Telefonanschluss besitzt, werde ich Ihnen die Nummer zukommen lassen. Ich werde versuchen so schnell wie möglich zurück zu sein."

Mrs Argyle sah den Butler besorgt an.

„Es wird alles zu Ihrer und der Baronets Zufriedenheit geschehen. Bitte machen Sie sich keine Sorgen. Passen Sie auf sich auf und frohe Weihnachten, Mr Beanstock."

Der Butler räusperte sich, knöpfte den langen schwarzen Mantel zu und nickte dem vor der Tür erschienenen Personal aufmunternd zu.

Der Chauffeur saß bereits am Steuer des Wagens und ließ den Motor warmlaufen. Beanstock stieg zu ihm ein, Gonzales zwinkerte dem neuen Hausmädchen Lizzy zu, handelte sich damit einen Verweis Beanstocks ein, legte den Gang ein, schoss aus der Einfahrt, begann ein fröhliches Lied zu pfeifen und handelte sich den nächsten Verweis ein.

„Wir können auch schweigen, Mr Beanstock, ich dachte nur, es ist bald Weihnachten, wir fahren nach London und...", versuchte es Gonzales.

„Señor Gonzales, ich würde es vorziehen, wenn Sie sich auf den Verkehr und die Unversehrtheit des Bentleys konzentrieren. Wir wollen ihn doch in einem Stück zurückbringen", versetzte Beanstock und war sich bewusst, dass es vielleicht etwas zu hart erschien. Aber er wollte seine Gedanken sortieren und da wäre eine Ablenkung nicht angebracht.

Die Fahrt nach London würde gut zwei Stunden dauern. Die Straßenverhältnisse waren nicht die besten und je näher sie London kamen, umso kälter wurde es. Die Straßen wurden glatt und rutschig und Gonzales musste das Tempo drosseln. Als sie den kleinen Vorort Bromley hinter sich ließen, war es bereits Nachmittag. Endlich erreichten sie Forest Hill. Der Verkehr wurde unerträglich und auf der Waterloo Street kam er fast völlig zum Erliegen. Aber endlich fuhr der Bentley über die Waterloo Bridge.

Es hatte wieder begonnen zu schneien und hier in Londons Straßen türmten sich bereits Schneeberge. Trotzdem konnte man immer noch die furchtbaren Zerstörungen des Krieges unter dem Schnee erkennen. Sie wurden nur weiß zugedeckt, als wolle man endlich nicht mehr daran denken.

Gonzales steuerte den Wagen gekonnt um die Berge herum.

Dick eingemummelte Menschen, bepackt mit bunten Geschenkpaketen, hasteten durch die engen Straßen von Marylebone, das die beiden nun erreichten. In der Baker Street 116B parkte Gonzales den grauen Bentley.

Beanstock sah in sein kleines schwarzes Notizbuch.

„Hier sollte es sein. Mr Black hat uns bereits avisiert. In dieser Pension steigen des Öfteren Mitglieder unserer Verbindung ab."

„Avi was? Ich dachte wir würden in einem Haus übernachten? Que horror!", schimpfte Gonzales und sah Beanstock verzweifelt an.

„Avisieren bedeutet einfach nur, dass wir bereits in der Unterkunft angemeldet wurden."

„Maldito, warum sagen Sie das dann nicht, Señor Beanstock, Sie sind manchmal sehr seltsam."

Beanstock machte den Mund auf und gleich wieder zu. Er enthielt sich weiterer Erklärungen. In diesem Moment wurde im Haus 116B die Tür geöffnet.

Es war ein sehr schmales Haus aus grauen Ziegelsteinen mit einem grauen Sockel, der irgendwann einmal weiß gewesen sein musste. Zwei Stufen führten zu der sehr schmalen Tür, die von zwei rundlichen Säulen eingeengt wurde.

Man hatte den Eindruck, als ob die dunkelbraune Tür mit Gewalt ihren Platz dazwischen zu behaupten versuchte. Risse in dem alten Holz ließen erahnen, dass es nicht immer einfach für sie war. Über der Tür gab es zwei schmale Fenster mit Sprossen. Sie waren nicht breiter als die Tür, und das gesamte Haus schien, zwischen die anderen größeren Exemplare in der Baker Street, hineingequetscht worden zu sein. Als hätte man das Haus vergessen einzubauen und musste es dann mühsam nachholen.

Aus der Tür hüpfte ein Kind die Stufen hinab. Unter dem Mützenmonstrum und über einem dicken bunten Schal sah nur die kleine Nase noch heraus. Die Hände steckten in Handschuhen und versuchten vergeblich die Mütze nach oben zu schieben.

Hinter dem Kind erschien im Türrahmen eine ältere Frau. Sie trug ein altmodisches langes Wollkleid mit Spitzenaufsätzen und ein dickes Wolltuch um die Schultern. Ihre Haare hatten die Farbe des Londoner Nebels und standen in flockigen Wolken von ihrem Kopf ab. Unter einer runden Hornbrille lächelten zwei hellgrüne Augen. Sie machte einen Schritt und griff den Mantel des Kindes. Fasziniert hörten die beiden Herren im Wagen dem nun folgenden Gespräch zu.

„Es ist viel zu wenig, bleibe lieber hier", sagte die ältere Dame und hielt den Mantel des Kindes fest im Griff.

„Es ist zu viel, Oma, nimm mir etwas ab!"

„Es ist zu kalt, du wirst erfrieren, nimm noch ein paar Überschuhe", damit zog die alte Dame zwei seltsam geformte gestrickte Teile aus der Tasche.

„Niemals mit diesen Dingern", das Kind versuchte aus dem Griff zu entkommen.

„Sieh dir die Wege an, glatt und verschneit, du wirst hinfallen, ein Bein brechen, der Arzt muss kommen, du heulst und Weihnachten ist für dich vorbei."

„Meine Freunde warten! So werden sie denken, ein dickes Monster kommt!" Der Tonfall des Kindes wurde hitziger.

„Bartholomäus geht ja auch nicht aus dem Haus", gab die

alte Dame zu bedenken.

„Oh, sag nicht diesen Namen, vor allem nicht vor ihm. Er hasst ihn!"

„Du magst den Namen nicht, mein Kind, nun nimm schon die Überzieher."

„Sein Name ist Arthie, den mag er, wenn du ihn rufst, kommt er niemals!"

Der Blick des Kindes fiel auf die aufmerksamen Gesichter der beiden Herren im Bentley. Wieder schob sie die dicke Mütze nach oben, dann drehte sie sich nach hinten.

„Ob das wohl die Gäste sind, auf die du wartest, Omalein?"

Die alte Dame blickte zu dem Wagen.

„Oh, wie konnte ich das übersehen!" Sie entließ das Kind aus dem festen Griff und war mit ein paar schnellen Schritten am Wagen.

Das hatte das Kind erwartet. Diesen Moment durfte es nicht ungenutzt verstreichen lassen. Der Schal flog zur Seite, die Mütze hinterher, unter der eine zweite erschien, wie Beanstock lächelnd registrierte, und das Kind war entkommen. Wie der Blitz rannte es davon und verschwand hinter der nächsten Hausecke.

„Kruzifix, dieses Kind bringt mich in ein frühes Grab", schimpfte die alte Dame und sammelte die fortgeworfenen Kleidungsstücke auf. Dann wandte sie sich den beiden Herren zu, die inzwischen ausgestiegen waren.

Gonzales setzte seine Mütze auf, rieb sich die Hände und nahm das Gepäck aus dem Kofferraum. Mr Beanstock verneigte sich leicht.

„Mrs Parish? Man hat uns avisiert?" Gonzales verdrehte die Augen hinter Beanstocks Rücken.

„Sehr angenehm, die Herren Beanstock und Gonzales? Ja, der gute Mr Black hat Sie angemeldet. Ich habe zwei Zimmer für Sie vorbereitet. Eigentlich habe ich nur diese zwei Zimmer, aber es hört sich immer nach etwas mehr an, wenn ich meinen Gästen sage, ich habe zwei meiner Zimmer vorbereitet, Sie verstehen?"

Sie sah sich zu der schmalen Fassade ihres Hauses um.

„Es ist ein sehr dünnes Haus, wenn ich sagen darf, aber es ist innen größer, Sie werden sehen."

Die Tür schien zu weinen über die Einschätzung ihrer Besitzerin. Dünne Fäden geschmolzenen Schnees flossen über das Holz.

Beanstock war sich noch nicht im Klaren, wie ein Haus innen größer sein konnte als außen und wie ein Haus dünn sein konnte und nicht nur schmal, aber er war offen für Überraschungen. Wahrscheinlich drückte sich die Hausbesitzerin etwas seltsam aus. Mrs Parish ging den beiden Herren voran. Sie betraten einen winzigen langen Flur, der mit einer, zwar etwas vergilbten, aber sehr schönen rosafarbenen Blumentapete tapeziert worden war.

Am Ende des Flurs stand die Tür offen und ließ den Blick in einen hellen Raum frei. Dahinter öffnete sich eine breite Glastür in den verschneiten hinteren Garten, der von einem riesigen Baum dominiert wurde. Links und rechts vom Flur gab es zwei Türen, die aber geschlossen waren.

„Hier befindet sich rechts meine Küche und links das Wohnzimmer, das sie gern nutzen können, wenn ich dort

Feuer mache. In den oberen zwei Etagen sind jeweils zwei Zimmer. Im ersten Stock sind Ihre Gästezimmer und darüber das Zimmer meiner Enkelin und mein Schlafzimmer. Im hinteren Teil zum Garten ist der Salon, dort reiche ich auch gern den Nachmittagstee, wenn Sie es wünschen. Es gibt morgens um acht Uhr ein kleines Frühstück. Ich bitte um Pünktlichkeit."

Zufrieden lächelte die Hausherrin die beiden Herren an.

Beanstock fragte sich gerade, wie man denn die zweite Etage erreichen sollte, als Mrs Parish eine Tür öffnete, die der Butler für einen Einbauschrank gehalten hatte. Dahinter kam eine schmale Wendeltreppe zum Vorschein. Mrs Parish wies mit ihrer Hand nach oben und meinte lächelnd:

„Wie gesagt, in der ersten Etage sind Ihre Zimmer, ich setze das Teewasser auf und erwarte Sie im Salon. Ihre Mäntel lassen Sie am besten hier unten." Sie nahm den Herren die dicken Mäntel ab und drapierte sie sorgsam an Haken in der Wand.

„Besitzen Sie ein Telefon Mrs Parish?", wollte Mr Beanstock wissen.

„Ein Telefon? Was denken Sie denn? Wir sind hier in der Baker Street. Natürlich habe ich ein Telefon. Es steht im Salon", beantwortete die Hausherrin etwas pikiert die Frage.

Beanstock räusperte sich und schob dann Gonzales vor sich her die Treppe hinauf. Das war kein leichtes Unterfangen, da der Chauffeur den Koffer und seine Tasche trug.

Oben teilte sich der winzige Flur in zwei Zimmer, deren Türen offenstanden. Auf der obersten Stufe räkelte sich ein orangefarbener Kater und sah den beiden Störenfrieden mit halb geschlossenen Augen direkt ins Gesicht.

Von hinten drängelte Beanstock und Gonzales gelang es nicht den Kater zu vertreiben. Also machte er einen Riesenschritt. Gonzales fiel dies mit dem Gepäck in der Hand ziemlich schwer und beinahe wäre er in die offene Zimmertür gefallen.

Der Kater rührte sich nicht vom Fleck. Erst als von unten aus der Küche Klappergeräusche nach oben klangen, erhob er sich gähnend und lief zu der Quelle der Geräusche. Meistens fiel dann etwas für ihn ab.

Gonzales stellte den Koffer des Butlers im linken Zimmer auf den Boden und schob sich dann an ihm vorbei in das Zimmer auf der rechten Seite. Beide Räume waren vollkommen gleich eingerichtet. Es gab ein Einzelbett aus dunklem Eichenholz mit gedrechselten hohen Säulen an den Ecken. Am Fenster stand ein Sessel mit dem gleichen Blumenmuster wie auf der Tapete und gegenüber gab es einen winzigen Waschtisch mit einem Spiegel. Trotz der Beengtheit machte das Zimmer einen heiteren und gemütlichen Eindruck. Es war warm und behaglich.

Es klopfte. Beanstock versuchte gerade, seine Kleidungsstücke in angemessener Weise an einem Garderobenständer aufzuhängen, der keinen sehr stabilen Eindruck vermittelte. „Herein", rief er und fing eine Hose auf, die ins Rutschen kam.

Gonzales erschien in der Tür.

„Señor Beanstock, es ist doch so einfach." Damit ging er zu der Wand mit dem Waschtisch und zog zu Beanstocks Verwunderung an der Tapetenwand. Wie durch Zauberhand öffnete sich eine kleine Tapetentür und dahinter waren eine Stange und Bügel für die Kleidung.

„Sehen Sie? Es wurde an alles gedacht. Ich finde es unglaublich, wie man in diesem kleinen Zimmer alles unterbekommen hat. Ist das nicht fantástico?" Gonzales schien begeistert.

„Wenn Ihnen das so sehr gefällt, können wir gern auf Parsley Manor ein kleineres Zimmer für Sie finden." Der Butler verzog den Mund, was fast einem Lächeln glich. Gonzales sah Beanstock ängstlich an.

„Oh, Sie sind wirklich ein schlimmer Mensch. Sie haben mich erschreckt. War das etwa ein Witz? So etwas können Sie Señor? Haben Sie eigentlich schon die Toilette entdeckt?" Beanstock wurde erst in diesem Moment klar, dass noch etwas Entscheidendes im Zimmer fehlte.

„Sehen wir lieber nach dem Tee, Gonzales. Ich muss auch noch dringend telefonieren." Während Gonzales bei der Gastgeberin seinen Charme sprühen ließ, telefonierte Beanstock. Mrs Parish stand mit einer Tasse duftendem Tee bereit, als er den Hörer auflegte.

„Es tut mir sehr leid, aber ich werde bereits dringend erwartet. Bitte nehmen Sie meine Entschuldigung an. Ich denke aber, dass Señor Gonzales auch eine zweite Tasse Ihres sicher hervorragenden Tees vertragen kann."

Der Chauffeur erhob sich und sah ihn fragend an. Aber Beanstock hob abwehrend die Hand.

„Diese Angelegenheit muss ich allein klären. Sie haben den Rest des Tages zu Ihrer Verfügung. Wie wäre es mit einem Besuch bei Madame Tussauds? Ich habe mir sagen lassen, dass es dort sehr kurzweilig sei."

Mr Beanstock wandte sich zum Gehen und griff im Flur nach Mantel und Hut. Gonzales schien nicht einverstanden und folgte ihm, während die kleine Mrs Parish mit der dampfenden Tasse Tee hinter den beiden herlief. Nun standen drei Personen in dem winzigen Flur und Beanstock versuchte verzweifelt den Mantel anzuziehen, ohne das Inventar zu beschädigen.

„Also Señor", rief Gonzales, „ich kenne diese Mrs Tussauds doch gar nicht. Was soll dort denn so kurzweilig sein?"

Der Butler verdrehte die Augen und wandte sich dann hilfesuchend an Mrs Parish.

„Würden Sie dem Herrn bitte erklären, wovon ich sprach? Ich muss nun wirklich gehen."

„Mr Beanstock!", ereiferte sich nun die angesprochene Dame, wobei die volle Tasse Tee wackelte und etwas über den Rand schwappte.

„Ich habe Einwände gegen dieses Etablissement. Da stehen diese Wachsdamen und -herren herum, stieren Blickes und in der Bewegung erstarrt, Persönlichkeiten unserer königlichen Herrschaften, und jeder kann sie ganz nah betrachten. Eine unfassbare sittenwidrige Ansammlung von Lebenden und Toten. Und dann im Keller dieses Gruselkabinett und man will sogar noch Geld dafür haben! Oh nein, das werde ich Ihrem Freund bestimmt nicht erklären." Damit drehte sie sich um und ging in die Küche.

Gonzales hatte während ihres zornigen Ausbruchs immer aufmerksamer und interessierter geschaut.

„Das ist etwas für mich. Mi dios! Das werde ich mir ansehen. Danke, Mr Beanstock." Er lief zurück in den Salon, um seinen Tee auszutrinken. Beanstock verließ kopfschüttelnd das Haus und stieß an der Tür mit dem nächsten Bewohner des winzigen Hauses zusammen. Das Mädchen hatte wohl sehr viel Spaß gehabt, ging es ihm durch den Kopf, als es sich wie der Wind an ihm vorbei schob und im Haus verschwand.

Das Kind sah wie ein Schneemann aus, sogar in den Haaren klebten dicke Eisstücke. Das gibt Ärger meine Kleine, dachte Beanstock bei sich. Dann machte er sich endlich zügigen Schrittes auf den Weg.

Das traditionsreiche *Langham* Hotel war sein Ziel. Es war nicht sehr weit entfernt und gut zu Fuß zu erreichen. Er hielt sich links, dann zum Manchester Square, einem kleinen, mit winterlich blattlosen Bäumen bestandenen Platz, um schließlich durch die Queen Anne Street zur Chandos Street zu gelangen. Kurz darauf stand er am Hintereingang des berühmten *Langham* Hotels.

Das 1865 eröffnete Hotel war im Krieg ein Ziel der Bomber geworden und hatte dadurch den Westflügel fast vollständig verloren. Überall lagen immer noch Berge von Steinen gestapelt und warteten auf den Wiederaufbau. Als die BBC in den dreißiger Jahren das Gebäude erworben hatte, hatte man es noch vielseitig genutzt. Nach dem verheerenden Bombenangriff und einem dabei zerstörten Wassertank, der Teile des Hotels unter Wasser setzte, war nicht klar, wie man den Wiederaufbau bewerkstelligen sollte. Es war noch nicht einmal klar, ob man es überhaupt stehen lassen wollte. Im Moment wurden einige Räume als Aufnahmestudio, Lager und Büro genutzt. Die Befürworter des Wiederaufbaus und die Gegner lieferten sich harte Wortgefechte, wobei für die ersteren natürlich die lange Tradition den Ausschlag gab.

Schließlich war das Hotel für die Karriere berühmter Söhne Britanniens entscheidend. In einem von Zigarrenqualm und Whiskydunst verhangenem Salon hatten sich eines Tages drei Herren getroffen. Das Resultat war eine neue Geschichte um den berühmten Detektiv Sherlock Holmes sowie die gruselige Erzählung von einem in sich selbst verliebten Herrn, namens Dorian Gray. Der Dritte im Bunde war ein Literaturredakteur, der den beiden Autoren zum Erfolg verhelfen wollte. Wie konnte man dieses Bauwerk abreißen?

# Mr Black

Als Beanstock, noch sinnierend über diese Geschichte, vor dem altehrwürdigen Hauseingang stand und zu den dunklen Fenstern hinaufsah, öffnete sich die Tür.

Ein älterer Herr stieg langsam die Stufen herab. Seine Gestalt erinnerte an eine Schneekugel, die zu lange geschüttelt worden war. Auf einem rundlichen Körper saß ein rundlicher Kopf umgeben von weißen Haaren, die bei jeder Bewegung sein gutmütiges Gesicht umtanzten. Sein Anzug bestand aus einer grauen Nadelstreifenhose, einem dunkelgrauen Jackett und, zu Mr Beanstocks Verwunderung, einem grellvioletten Seidenhemd und einem sonnengelben Einstecktuch, dass bei jeder Bewegung wippte. Der Herr blieb vor dem Butler, der gut einen Kopf größer war als er, stehen und reichte ihm die Hand.

„*Daisy Chain*, Mr Beanstock", raunte er ihm entgegen.

Der Butler verneigte sich und ergriff die Hand.

„*Daisy Chain*, Mr Black."

Mit einem Lächeln wies Mr Black zum Eingang und bat seinen Besucher wortlos hinein. Im Inneren herrschte dämmriges Licht. Vereinzelte Wandleuchter warfen diffuse Lichtkegel an die Wände und man hatte das Gefühl, in einem fensterlosen Gang zu stehen.

„Entschuldigen Sie die Dunkelheit. Die Fenster sind immer noch mit Stoff verdunkelt. Niemanden scheint das zu stören. Wir sind nur geduldete Mieter." Der kleine Mr Black zuckte resigniert mit den Schultern.

„Unser Büro hatte sich zum Glück nicht in dem Teil des Westflügels befunden, der vollkommen zerstört wurde. Wir haben, wie Sie wissen, dieses Arrangement bereits seit 1866. Die damaligen Besitzer überließen unserer Verbindung ein Büro im Dachgeschoß und bis jetzt hat man noch nicht daran gerüttelt. Aber seit die BBC hier ansässig ist, befürchte ich, wird man uns nicht mehr sehr lange dulden. Stellen Sie sich vor, man erwägt einen Abriss.“

Mr Black blieb kurz stehen, um ausgiebig den weiß behaarten Kopf zu schütteln.

„Wir waren immer hier. Auch als das Hotel wegen des Wasserschadens schließen musste, gab es unter dem Dach einen Mr Black. Mein Vorgänger war ein umtriebiger Mann. Er ließ die alte Urkunde, die uns das Büro zusprach, von einem Notar nochmals beglaubigen. Schließlich hatte sich seine Majestät der Prinz of Wales, unser späterer König Edward VII, höchstpersönlich für uns eingesetzt. Darauf sind wir sehr stolz.“ Er seufzte.

„So, da sind wir. Wussten Sie, dass das *Langham* Hotel den ersten hydraulischen Lift unseres Landes hatte? Zum Glück hat man den Lift wieder in Betrieb genommen. Wir müssen ganz nach oben. Zu Fuß wäre das mit dem Aufstieg zum Mont Blanc vergleichbar.“ Er kicherte leise über seinen Witz.

Die beiden Herren betraten den Lift. In diesem Moment ging ein älterer Mann schnellen Schrittes mit einem klappernden Werkzeugkoffer an der noch offenen Tür des Lifts vorbei. Er grüßte Mr Black mit einem freundlichen Lächeln auf dem faltigen Gesicht.

„Das war Edgar Clemm, er hat früher im Hotel gearbeitet und ist hier noch als Hausmeister tätig. Ein netter Mann", raunte Mr Black Beanstock zu.

„Arbeiten denn noch mehr Angestellte aus dem früheren Hotel hier?", fragte nun Beanstock.

„Nicht mehr, nein, der Hausmeister ist wohl der Letzte."

Der Butler sah sich in der Kabine des Lifts um. Die Holzverkleidung hatte auch schon bessere Zeiten erlebt, ließ aber unter einer leichten Staubschicht noch das schimmernde Holz erahnen. Nichts, was man mit einem weichen Lappen und der guten Madame Pottis Politur wieder hinbekommen würde, sinnierte Beanstock in Gedanken, und es kribbelte ihm in den Fingern, selbst den Polierlappen zu schwenken.

Mr Black nahm aus seiner Westentasche einen kleinen goldfarbenen Schlüssel mit einer grünen Troddel und steckte ihn hinter einer unscheinbaren Holzklappe in das passende Schloss. Ein kurzer Dreh nach links und es klickte.

„Warten Sie auf mich, meine Herren!" Die resolute Stimme kam aus dem dunklen Flur. Mr Blacks Finger zuckte über dem Liftknopf zurück. Er drehte seinen runden Kopf aus der Tür des Lifts und spähte in den Flur.

Klappernde Absätze näherten sich. Eine ältere Dame erschien und lächelte die beiden Herren dankbar an. Sie trug ein braunes Tweedkostüm, eine dunkelblaue Bluse und bequeme braune Schuhe mit einem kleinen Absatz. Gegen die winterliche Kälte hatte sie ein wollenes Cape um ihren Körper geschlungen. Im Arm hielt sie eine braune Ledermappe, aus der ein Stift hervorlugte. Sie atmete hörbar auf, strich sich die lockigen Haare zurück und reckte resolut den Rücken gerade.

„Das ist sehr nett, meine Herren. Ich bin so froh, dass dieser vermaledeite Lift funktioniert. Was für eine Lauferei wäre das sonst, nicht wahr? Oh, bitte drücken Sie für mich die drei."

Mr Black starrte die Dame mit unverhohlener Neugier an. Beanstocks Butlerehre fühlte sich davon etwas peinlich berührt. Man starrte nicht, noch dazu eine Dame, so unverhohlen an. Er räusperte sich in Richtung Mr Black, der aber nicht abließ vom Starren.

„Haben Sie sich vielleicht im Gebäude geirrt, Madame? Die BBC arbeitet im Moment nur sehr sporadisch hier vor Ort", fragte Mr Black nun tatsächlich.

Beanstock zweifelte an seinem Anstand.

Die Dame lachte fröhlich und schüttelte ihren Kopf.

„Aber nein, ich recherchiere. Hier in diesem Gebäude saß doch tatsächlich dieser schreckliche Mensch. Sie wissen doch sicher, wen ich meine. Guy Burgess hatte hier kurzzeitig ein Büro und ich", damit machte sie eine theatralische Geste mit der Hand und ein stolzes Gesicht, „darf mir dieses Büro mit ausdrücklicher Genehmigung des obersten Richters Ihrer Majestät ansehen. Und wenn ich schon einmal hier bin, schaue ich natürlich auch in Zimmer 333 vorbei. Sie wissen sicher Bescheid?" Bei dem letzten Satz hatte sie ihre Stimme zu einem Flüstern gesenkt und die beiden Herren mussten sich ihr zuneigen, um etwas zu verstehen.

„Oh", platzte es aus Mr Black hervor, „soviel ich weiß, ist dieser Guy Burgess nach Russland geflohen, nachdem man seine Spionagetätigkeit aufgedeckt hatte. Was für ein Jammer."

Beanstocks Nacken begann zu kribbeln. Er erinnerte sich noch gut an diesen Skandal, der auch seine Herrschaft auf Parsley Manor betroffen hatte. Der Verleger Lady Fedoras wurde ebenfalls der Spionage verdächtigt und mit ihm mehrere Cambridge Studenten. Einer Bestrafung entzog sich dieser feine Herr leider, indem er sich umbringen ließ. Wie ausgesprochen unangenehm. Natürlich versagte ihm sein Anstand, diesen Sachverhalt zu äußern. Er hörte noch den letzten Satz der Dame.

„Und darum werde ich mir diesen Ort der Verwerflichkeit heute ansehen und mal sehen, was ich daraus basteln kann. Ausgiebige Recherchen sind das Salz in der Suppe eines guten Buches, nicht wahr meine Herren?" Sie kicherte fröhlich.

„Gedenken Sie den Geist in Nummer 333 zu treffen, Madame?" Mr Black erlaubte sich einen belustigten Blick zu Beanstock und ein leises Kichern.

Die Dame stimmte in das Kichern ein.

„Natürlich glaube ich nicht an diesen Geist, aber einige Stubenmädchen und der Butler des Earls of Thunderbird wollen ihn damals vor dem Krieg gesehen haben. So eine Dummheit. Wegen einer unerfüllten Liebschaft vom Balkon zu springen. Ach, diese deutschen Prinzen." Sie schüttelte verständnislos den Kopf.

Der Lift machte Ping und die Tür zur 3. Etage öffnete sich mit einem leisen Knarren.

„Meine Herren, es war mir eine Freude von Ihnen

begleitet zu werden. Einen schönen Tag." Damit verließ sie den Lift und man hörte das klappernde Staccato ihrer Schuhe auf dem Parkett leiser werden.

Mr Black starrte immer noch mit offenem Mund hinter ihr her, als Beanstock ihn verwundert ansprach, ob er nicht den nächsten Knopf drücken wolle.

Mr Black drehte sich entgeistert zu ihm um.

„Jetzt sagen Sie mir nicht, dass Sie die Dame nicht erkannt haben? Sie, der doch so viele Kriminalromane liest. Gerade diese Dame verehren Sie doch, wie ich weiß. Dann erkennen Sie sie nicht, wenn sie direkt vor Ihrer Nase steht?"

Beanstock vergaß für einen Moment seine Butlererziehung und sprang aus dem Lift auf den Flur. Sie war fort. Er räusperte sich, rückte seine Weste zurecht und betrat erneut betont langsam den Lift. Mr Black bekam keinen Blick von ihm. Beanstock sah angestrengt geradeaus. Nur ein Auge zuckte nervös.

Mr Black drehte sich lächelnd von ihm fort, drückte den Knopf für das Dachgeschoss, die Türen schlossen sich sehr langsam und der Lift setzte seinen Weg nach oben fort.

„Diese Augen? Haben Sie diese Augen bemerkt, mein guter Beanstock? Ich dachte fast einen Moment ich stände in Unterhosen vor der Dame, so durchdringend waren diese wundervollen Augen. Da hat kein noch so listiger Verbrecher eine Chance, nicht wahr?!"

Als sich die Lifttüren zum Dachgeschoß mit leisem Knarzen öffneten, lag vor Beanstock ein schummriger Raum. Fahles Licht fiel durch ein großes halbrundes Fenster. Im Lichtkegel tanzten Staubflusen wie kleine Motten auf und ab. Es gab keine Türen. Hier oben hatte es niemals Gastzimmer oder Büros gegeben. Dieses Büro war eine Welt für sich inmitten des hektischen Hotelbetriebs.

An allen Seiten des viereckigen Turms gab es je ein großes bodentiefes Fenster und in der Mitte den Schacht mit dem Lift.

Mr Black ging nach rechts und verschwand in der Dunkelheit. Dann hörte Beanstock das Umlegen eines Schalters, und wie von Zauberhand erhellte sich der Raum nach und nach und gab seine Schätze frei.

Nun konnte man auch die alten Wandlampen aus geschliffenem Glas bewundern, die wie Tropfen aus den Wänden zu kommen schienen.

Auf der rechten Seite stand ein großer dunkler Schreibtisch mit einem lederbezogenen Sessel, in dem schon viele Mr Blacks gesessen hatten. Der Tisch quoll über von Akten und aufgespießten Notizzetteln. Beanstock juckte es in den Fingern. Am liebsten würde er aufräumen.

Alle freien Wände neben den Fenstern waren durch dunkle Holzregale mit geschnitzten Aufsätzen belegt, voll mit Büchern, die sich über die Jahrzehnte hier angesammelt hatten.

In der linken Ecke des Raumes gab es einen großen weißen Marmorkamin, zu dem der kleine Mr Black nun strebte. Er nahm eine Schachtel vom Kaminsims, entzündete ein langes Streichholz, und hielt die Flamme an den Stapel Holz im Kamin. Sofort flammte ein nettes Feuerchen empor und begann seine Arbeit, den kühlen Raum zu wärmen. Mr Black rieb sich die Hände.

„Mit der Zentralheizung ist nicht viel los im Moment. Sie setzt immer mal wieder aus. Ohne unseren Hausmeister Edgar hätten wir schon Eiszapfen an der Nase hängen. Er schafft es meistens, der alten Langhamdame gut zuzureden und sie um Nachsicht für ihre Bewohner zu bitten. Darum können wir froh sein, diesen Kamin zu besitzen. So ist wenigstens diese Ecke warm." Er winkte Beanstock zu sich an das Feuer und hielt seine Hände in die beginnende Wärme.

Dann nahm er dem Butler Hut und Mantel ab und hängte den Mantel sorgfältig auf einem Bügel an den Garderobenständer, der neben dem Lift stand. Der Hut flog mit einer eleganten Geste durch die Luft und blieb an einem der Haken hängen.

Vor dem Kamin lag ein alter, etwas abgenutzter Orientteppich auf dem mit feinem Holzparkett ausgelegten Raum. Darauf standen zu beiden Seiten des Kamins Sofas im viktorianischen Stil, grün mit einem verblichenen Rankenmuster, dass man nur noch erahnen konnte. Davor sah Beanstock einen runden Tisch mit geschwungenen Beinen, auf dem bereits ein Tablett mit zwei Porzellantassen und einer silbrigen Zuckerdose wartete.

„Mein guter Beanstock, bevor wir uns zu einer Tasse Tee setzen, möchte ich Ihnen etwas zeigen. Ich möchte mir lieber nicht vorstellen, dass es etwas mit den Selbstmorden zu tun hat. Aber der zeitliche Zusammenhang dieser Vorfälle ließ mich daran denken. Ich kann mir keinen Reim darauf machen."

Er ging zurück zum Lift. Hinter dem Schacht gab es eine alte Tür, die Mr Black nun öffnete. Rundliche Lampen an der Decke beleuchteten eine Szenerie, die Beanstock die Luft nahm. Bis zur Decke erhoben sich Regale mit Papierrollen, Akten, großen schmalen Büchern, wie sie in der Buchhaltung verwendet wurden, Kisten und Kästen, soweit das Licht der Lampen zu scheinen vermochte.

Dazwischen lagen gestapelte Briefe, zusammengebunden mit Garn, deren Vergilbungsgrad das Alter erkennen ließ.

Ein Regal an der linken Wand war umgekippt und hatte seinen Inhalt überall verteilt. Akten waren zerrissen worden und alles wirkte durchwühlt und zerknüllt. Mr Black stöhnte leise ob dieser Unordnung.

„Ich habe alles so gelassen, wie ich es vorgefunden hatte. Nur die gröbste Unordnung im vorderen Bereich am Schreibtisch habe ich beseitigt. Ich wollte, dass Sie sich ein Bild machen können. Sie haben doch nicht etwa gedacht, dass es hier immer so aussieht?", erkundigte sich Mr Black und sah Beanstock fragend an. Das Gesicht des Butlers, der mit aufgerissenen Augen neben ihm stand, hatte ihn nun doch überrascht.

„Was ist hier passiert, Sir?", fragte Beanstock atemlos.

„Nun, was soll ich sagen, so habe ich es eines Tages vorgefunden. Ich weiß es noch wie heute, es war ein Montag und ich kam aus Cornwall zurück. Ich hatte meine Schwester besucht. Das alte Mädchen war krank und nieste wie ein Elefant …", Mr Black redete nicht weiter, als er bemerkte, dass diese Geschichte wahrscheinlich nichts damit zu tun hätte. Er räusperte sich verlegen.

„Haben Sie die Polizei informiert?", wollte nun Beanstock wissen.

„Sie wissen, dass bei *Daisy Chain* so nicht gehandelt wird. Wir sind auf Sie gekommen, da ein Mitglied unserer Organisation speziell nach Ihnen verlangt hatte."

Beanstocks Blick verschleierte sich traurig.

„Mrs Hortensia Peachwood. Können Sie den Zeitpunkt des Einbruches nachvollziehen?", fragte er leise.

„Ich war eine Woche in Cornwall. Ich kam am 8. Dezember zurück und bemerkte an diesem Tag das Chaos hier in unserem Büro. Das Seltsame ist, dass man, um hier herauf zu kommen, einen speziellen Liftschlüssel benötigt, den nur ich besitze. Es gibt nur diesen einen Schlüssel und ich führe ihn stets bei mir."

Mr Black sah sein Gegenüber ratlos an.

„Welcher Art sind diese Unterlagen hier? Werden dort Geheimnisse verwahrt? Was könnte der Dieb gesucht haben? Wissen Sie bereits, welche Dinge fehlen?" Beanstock legte seine Hand bei diesen Worten auf einen Stapel Akten in einem der Regale, als würden die Papiere ihm erklären können, wer an jenem Tag ihre wohlverdiente Ruhe gestört haben könnte.

Mr Black stöhnte zum wiederholten Male und schnaufte hörbar und verärgert.

„Trinken wir Tee, der wärmt die Gedanken im Kopf auf und wird uns vielleicht einer Lösung näherbringen."

Mr Black ging in eine kleine Küchenecke. Kurze Zeit später erschien er mit einem Tablett, auf dem eine blaue Porzellankanne, aus der ein hinreißender Duft nach Earl Grey kam, stand, sowie eine kleine Schüssel mit dunklen Keksen.

Inzwischen hatte sich zumindest die Kaminecke etwas erwärmt. Mr Black legte ein dickes Stück Holz nach und Beanstock fragte sich nicht zum ersten Mal, wer ihm half, all die Dinge hier herauf zu schaffen.

Nachdem die beiden Herren die erste Tasse Tee in stillem Einvernehmen genossen hatten, setzte Beanstock seine Tasse vorsichtig zurück auf die Untertasse und fragte mit leiser Stimme sein Gegenüber:

„Erzählen Sie mir von Hortensia."

Mr Black berichtete ihm die wenigen Einzelheiten, die er erfahren hatte.

„Es war eindeutig Selbstmord?", fragte Beanstock leise.

„Es sieht so aus, mein Bester, aber da ist noch etwas Seltsames. Ein paar Tage vor diesem Selbstmord erhängte sich der Butler Mortimer James Bensonman im Haus seines Arbeitgebers des Lord of Pearpie. Er hinterließ das Gänseblümchen der Hausdame, mit der ihn eine langjährige Freundschaft verband. Urplötzlich, so drückte sie es mir gegenüber aus. Am Morgen dieses Tages sah nichts wirklich danach aus. Und dann…" Mr Black stockte scheinbar der Atem. Er holte tief Luft.

„Vor zwei Tagen starb das langjährige Hausmädchen der Familie Tirell, Susan Dashwood, an einer Überdosis Schlaftabletten. Nichts hatte daraufhin gedeutet. Ihr Gänseblümchen ist verschwunden. Es wurde bei der Leiche des armen Mädchens nicht entdeckt."

Beanstock legte die Stirn in dicke Falten.

„Ein Selbstmord unter den Mitgliedern wäre vielleicht noch normal, wenn man das unter diesen Umständen überhaupt sagen darf. Aber drei Tote durch Selbstmord in einem so kurzen Zeitraum aus dem Leben gerissen, ist mehr als unwahrscheinlich. Ich muss zuerst mit der Hausdame reden und mit dem Personal im Haus der Tirells. Handelt es sich um den Abgeordneten Tirell? Mitglied im Unterhaus?"

Mr Black nickte und seine weißen Haare flogen auf und ab. „Ich habe bereits nachgefragt. Der Butler ist bereit, sich mit Ihnen zu unterhalten, natürlich unauffällig und seriös. Im Hause der Familie Shamway ist es schwierig gewesen, Kontakt aufzunehmen. Die neue Nanny gehört zu uns und wollte versuchen, bei der Tochter des Hauses, Marlen Winestein, etwas zu erreichen. Sie mochte Hortensia sehr. Es ist etwas schwierig, da Mrs Winestein gerade Mutter geworden ist und ihr Vater alles von ihr fernhält."

„Wer leitet die Ermittlungen?"

„Inspector Morris von Scotland Yard. Er ist glücklicherweise ein alter Bekannter. Ich hatte ihn vor Jahren im Fall einer verunglückten Angestellten hier im Langham Hotel getroffen." Mr Black schüttelte traurig den Kopf.

„Eine Tragödie. Das Mädchen fiel aus einem Fenster der vierten Etage. Es wurde niemals richtig geklärt. Der damalige Mr Black trat danach zurück und ich übernahm *Daisy Chain*."

„Ich werde auch mit dem Inspector reden müssen. Weiß er über *Daisy Chain* Bescheid?"

„Nein, und es soll auch dabeibleiben, mein guter Beanstock"

Nachdem die Teekanne frischen Tee bekommen hatte und die Tassen der beiden Herren wiederum gut gefüllt waren, fand es Beanstock erneut angebracht, über den Einbruch zu reden. Dieser Umstand, so fiel ihm sofort wieder auf, war dem Präsidenten der Londoner *Daisy Chain* Organisation nicht sehr angenehm. Aber seine Intuition sagte ihm, dass es ein wichtiges Detail sein könnte.

„Mr Black, ich muss wissen, was in den Akten steht, die sie aufbewahren. Haben Sie bereits entdeckt, was fehlen könnte? Ich kann nur helfen, wenn ich alles weiß."

Mr Black rutschte unbehaglich auf seinem Sessel herum. Nach einem erneuten großzügigen Schluck heißen Tees begann er zu erzählen.

„Ich habe nach der Übernahme dieses Postens die übliche Einweisung durch meinen Vorgänger erhalten. Die Schlüsselübergabe, die Unterlagen zu diesem Büro, meine Ernennungsurkunde", er machte eine Pause, um tief Luft zu holen, „und ich wurde in bestimmte Vorgänge aus der Vergangenheit eingeweiht."

Er schluckte hörbar.

„Unsere Mitglieder sind verpflichtet, sämtliche Vorkommnisse, seien sie wichtig oder nicht, zu melden. Damit möchten wir ihnen eine gewisse Sicherheit verschaffen, falls es einmal zu Problemen in ihrem Arbeitsbereich kommen sollte. Damit haben wir die Möglichkeit, schnell zu helfen. Die meisten Dinge sind einfache Vergehen. So war zum Beispiel der Fall dieser Lady, ihr Name tut nichts zur Sache. Sie hatte, wie soll ich es ausdrücken, ein kleines Mitnahmeproblem entwickelt. Verstehen Sie?"

Beanstock verneinte.

„Sie liebte Dinge et cetera…, wissen Sie?"

Beanstock verneinte erneut.

„Du meine Güte, sie war eine Kleptomanin erster Güte. Sogar das Personal war vor ihr nicht sicher. Es fehlten ständig irgendwelche Dinge. Ein Notizbuch, ein Bleistift, eine billige Brosche, ja sogar die Unterhose eines Chauffeurs verschwand, ach nein, ich glaube das war eine andere Geschichte."

Beanstocks Augenbraue besuchte kurz den Haaransatz.

„Jedenfalls, das Personal wusste nach kürzester Zeit Bescheid und somit auch wir. Dann kam der große Knall. Die Polizei erschien eines Tages im Haus der Lady und bei ihnen war ein Vertreter von Selfridges Kaufhaus. Es war sehr peinlich und konnte nur durch die Bezahlung eines höheren Betrages durch den Ehemann der Lady ausgeglichen werden. Sehen Sie, derlei Geheimnisse werden hier aufbewahrt. Man kann nie wissen, ob man mal etwas davon benötigt."

„Wer weiß von diesen Akten, Mr Black?"

„Jeder Mr Black und natürlich auch die beiden anderen Vertreter, Mrs Red in Schottland und Mr Green in Wales. Ja, und natürlich wissen die jeweiligen Informanten, die hier diese Informationen hinterlegen, davon. Ansonsten sind Sie nun der Erste, der unsere Akten außerhalb des inneren Kreises zu sehen bekommt."

„Interessant", sinnierte Beanstock und kniff seine Augen zu Schlitzen zusammen. „Mr Black, es ist unbedingt erforderlich, herauszufinden, was gestohlen wurde oder ob überhaupt etwas gestohlen wurde. Sie müssen sich der Sache sofort annehmen und die Akten durchgehen."

Der weißhaarige Mr Black erblasste.

„Können Sie sich vorstellen, wie viele Akten dort drin lagern? Ach ja, Sie waren ja mit mir dort drin", fiel ihm plötzlich ein und Beanstock hatte nicht zum ersten Mal das Gefühl, dass sein Gegenüber von seiner Berufung überfordert war.

Mr Black lehnte sich seufzend in seinem Sessel zurück.

„Zum Glück gibt es Prissy."

Beanstock sah erstaunt in das lächelnde Gesicht Mr Blacks.

„Darf ich fragen, wer Prissy ist, Sir?"

„Das ist natürlich meine Sekretärin, Miss Priscilla Pruster. Meinen Sie, ich würde hier alles allein organisiert bekommen?" Beanstock war nie so überzeugt, dass Mr Black es nicht konnte, wie in diesem Moment.

„Sie ist meine gute Seele hier. Ich würde in meinen Akten untergehen, wenn sie nicht da wäre. Sie hat bereits für meinen Vorgänger gearbeitet und davor war sie hier im Hotel als überaus hoch geschätzte Telefonistin angestellt."

Beanstock hatte den Eindruck, dass Mr Black ins Schwärmen geriet.

Mit einem verklärten Ausdruck auf dem Gesicht setzte er seine Erzählung fort.

„Wissen Sie, sie hat diese klitzekleinen Stecker in diese winzigen Öffnungen gesteckt, und sie hatte mit dieser wundervoll warmen Stimme gefragt *Langham Hotel, wo Träume wahr werden, was kann ich für Sie tun, Sir?* Es war alles so persönlich und so traumhaft schön hier in diesem Hotel. Diese Atmosphäre von Glanz und Gloria, dieser Charme der…"

Er unterbrach seine Schwärmerei, als er den verdutzten Gesichtsausdruck Beanstocks sah.

„Wie schon gesagt, sie kennt sich hier aus und weiß eine Menge über diese Akten."

„Sie kennt also den Inhalt der Akten ebenfalls, Mr Black. Wann erwartet mich der Butler der Familie Tirell?"

„Morgen um sechzehn Uhr wird er für Sie bereitstehen. Inspector Morris ist ebenfalls morgen zu sprechen. In seinem Büro bei Scotland Yard, am besten vormittags gegen zehn Uhr. Den Termin bei den Shamways werde ich Ihnen noch in den nächsten Tagen anzeigen. Ich versuche mein Bestes. Ja, und dann wäre da noch Bensonman, der Butler bei Lord of Pearpie war. Sie können mit der Hausdame Mrs Potts reden. Sie steht Ihnen übermorgen um sechzehn Uhr zur Verfügung und erwartet Sie außerhalb des Hauses im *Wild Dressman*, einem Pub in der Nähe der Villa. Ich habe Ihnen die Adressen mit den Treffpunkten und Zeiten notiert." Mr Black gab Beanstock einen Briefumschlag.

Es war spät geworden. Durch die Fenster des *Daisy Chain* Büros leuchtete ein sternenübersäter Himmel. Beanstock erhob sich.

„Es wird Zeit, Mr Black. Ich werde versuchen Schaden von unserer Organisation fern zu halten und diese Sache aufzuklären. Natürlich bin ich in erster Linie meinen Arbeitgebern Sir Percival Parsley und seiner Gemahlin verpflichtet. Somit steht mir nicht unbegrenzt Zeit zur Verfügung. Ich werde mich so bald wie möglich wieder bei Ihnen melden."

Mr Black war ebenfalls aufgestanden und reichte dem Butler die Hand.

„Wir sind Ihnen zu Dank verpflichtet. Sie haben unsere vollste Unterstützung."

Die beiden Herren gingen zum Lift und Mr Black drückte den Knopf. Beanstock schlüpfte in seinen dunklen Mantel und nahm den Hut in die Hand. Nach einem leisen Ping öffneten sich die Türen, Beanstock stieg hinein, nickte Mr Black aufmunternd zu und während sich die Türen langsam schlossen, meinte Beanstock mit einem letzten Blick auf Mr Black: „Ich werde natürlich auch mit Miss Priscilla Pruster sprechen müssen."

Nachdem er die dunklen Gänge des Hotels durchquert hatte und an der Nebentür auf der Straße stand, blickte er mit einem wehmütigen Blick zu der dunklen grauen Fassade des einstmals luxuriösen Hotels hinauf. Er dachte an seine Ausbildungszeit in London. Manchmal musste er einen Auftrag hier in diesem Hotel erledigen. Er erinnerte sich sehr gut an die edle Ausstattung, an die leisen und effizient agierenden Angestellten und den ausgesprochen professionellen Service in diesem Haus. Es stimmte ihn traurig, nun den Verfall zu sehen, der sich hier breitmachte. Tief in seiner Butlerseele verlangte es ihn danach einfach einen Besen zu nehmen und die Spinnweben des letzten Krieges hinaus zu fegen.

Beanstock ging langsam zurück zur Baker Street. Die Baker Street. Er musste lächeln. Ausgerechnet in der Baker Street war die kleine Pension. Er wusste natürlich, dass der berühmte Detektiv niemals in dieser Straße gelebt hatte, er war eine Romanfigur, aber die Vorstellung war wunderbar. Einfach durch die Baker Street zu schlendern, an der 221B zu läuten und dem Detektiv mit dem Supergehirn die ganze

Geschichte dieser seltsamen Selbstmorde vorzutragen. Er würde sicher sofort wissen, was zu tun wäre, um diesen Fall aufzuklären. Aber es gab diese Nummer 221B nicht.

Entgegen seiner strengen Grundsätze stand Beanstock plötzlich vor dem Eingang zu einem Pub und überlegte allen Ernstes hinein zu gehen. Er rechnete diese seltsame Anwandlung dem Tagesgeschehen zu.

Über der Eingangstür hing ein dunkles Metallschild. *The smoking Snooper*, was für eine ausgefallene Bezeichnung für einen Pub. Aber Englands Pubwirte hatten schon immer ein besonderes Faible für außergewöhnliche Bezeichnungen ihrer Etablissements. Beanstock öffnete die Tür, und eine Wolke Zigarrenqualm und Bierduft hüllte ihn ein. Die lautstarken Gespräche verstummten für den Bruchteil einer Sekunde. Der Eintretende könnte ein Bekannter sein, der eine neue Runde ausgeben wird.

Beanstock setzte sich an einen runden Tisch in einer der schummrigen Ecken. Die holzgetäfelten Wände verströmten den Duft längst vergangener Zeiten. Vom Rauch der Jahrhunderte hatte die Decke über ihm eine dunkelbraune Patina angenommen.

Er bestellte ein Stout und bekam sogar ein Lächeln von der jungen Bedienung. Sie hatte eine rote Lockenmähne und einen Akzent, der ihm verriet, dass sie aus dem schottischen Teil des Landes stammen musste. Hinter dem Tresen stand ein wahrer Riese von einem Mann. Er schien jeden Schritt des jungen Mädchens zu beobachten. Er zapfte Bier und brummelte vor sich hin. Immer einen Blick auf das junge Mädchen, das lächelnd durch den Raum tänzelte und für jeden ein gutes Wort übrighatte.

Beanstock konnte diese Dinge von seinem Tisch in der Ecke gut beobachten. Sie kam mit dem bestellten Bier zu ihm zurück, stellte es vor ihm ab und blickte ihm lächelnd ins Gesicht.

„Lassen Sie´s sich schmecken. Das Leben ist zu kurz, um traurig zu sein."

Beanstock konnte nicht anders und lächelte zurück. Er hatte gar nicht bemerkt, wie traurig sein Gesicht gewirkt haben musste. Seitdem er das Langham Hotel verlassen hatte, stand das vertraute liebenswürdige Gesicht von Hortensia Peachwood vor seinen Augen.

Der Wirt hinter dem Tresen beobachtete sie.

„Ihr Arbeitgeber, Miss, hat etwas gegen Ihre aufmunternden Gespräche, scheint mir", vermutete Beanstock.

Das Mädchen sah zum Tresen und lehnte sich leicht über den Tisch.

„Ach, der alte Griesgram. Der hat dauernd Angst, ein Gast könnte mit mir anbandeln. Aber sagen Sie nicht Miss zu mir, ich bin Fennie und der alte Brummbär da hinten ist mein Vater, Big Jim."

Mit einem hellen Lachen, das bis in ihre grün schimmernden Augen reichte, nahm sie ihr Tablett unter den Arm und schlenderte zurück zum Tresen.

Der Wirt rief dröhnend „Last Order" in den Raum. Die letzte Runde wurde eingeläutet.

Beanstock bezahlte und machte sich auf den Weg in seine kleine oder, wie Mrs Parish meinte, dünne Pension.

Im Erdgeschoss brannte noch Licht, und als er die Tür

hinter sich geschlossen hatte, hörte er weinerliches Geschrei aus der Küche. Schnell öffnete er, noch in Hut und Mantel, die Küchentür. Der Kater Arthie schoss aus der geöffneten Tür, als wären alle Hunde der Stadt hinter ihm her. Das Bild, das sich Beanstock bot, erinnerte ihn schmerzhaft an seine Kinderzeit.

Auf dem Küchenstuhl vor einem blankpolierten Eichentisch saß das Kind und dicke Tränen liefen ihm die Wangen hinab. Mrs Parish stand mit einer Flasche Lebertran in der einen und einem gefüllten Löffel in der anderen Hand vor dem Mädchen und redete auf sie ein.

„Und wenn wir die ganze Nacht hier sitzen. Du nimmst das jetzt, Lucinda!"

„Sag nicht Lucinda", brüllte das Kind seine Großmutter an.

Beanstock nahm seinen Hut ab, legte ihn sorgsam auf einen der Stühle und dann nahm er vorsichtig Mrs Parish den gefüllten Löffel aus der Hand.

Nun erst bemerkte sie, dass Beanstock gekommen war und sah ihn überrascht an. Das Mädchen hörte sofort auf zu weinen, als der gefährliche Löffel nicht mehr vor ihrem Gesicht tanzte.

„Mrs Parish. Ich weiß, was Sie denken. Was weiß dieser Butler schon von Fleisch-und Zuckerrationierungen und der Gesundheit der Kinder? Weiß dieser Butler denn nicht, wie wichtig Lebertran für Lucinda ist? Haben nicht Ärzte und Gesundheitsminister empfohlen in dieser schlimmen Zeit zu diesem Wundermittel zu greifen? Aber diese Empfehlung hat man nur gegeben, um die Leute zu beruhigen. Ich kann

73

Ihnen etwas Anderes berichten. Aus gut unterrichteter Quelle weiß ich, dass es nicht nötig ist, ja, es ist sogar ungesund, so viel Lebertran zu geben."

„Was meinen Sie denn mit gut unterrichteter Quelle?", fragte zweifelnd Mrs Parish.

Beanstock nahm ihr die Flasche aus der Hand und füllte den Inhalt des Löffels zurück. Dann drehte er den Verschluss mehr als nötig fest, als ob er den Geist nie mehr aus der Flasche lassen wolle.

Mrs Parish setzte sich erschöpft. Die Anstrengung verursachte ein trockenes Husten, dass tief aus ihrer Lunge zu kommen schien. Beanstock musterte sie besorgt und überlegte, ob nicht die Dame des Hauses den Lebertran schlucken sollte. Lucinda beobachtete ihn mit tränenverhangenem Blick sehr aufmerksam. Er bekam dadurch genug Zeit, sich etwas Plausibles zu überlegen.

„Meine liebe Mrs Parish. Ich sage nur, dass meinen Arbeitgeber, Sir Percival Parsley, eine besondere Freundschaft mit dem königlichen Leibarzt Ihrer Majestät verbindet. Mehr darf ich nicht darüber sagen, und Sie werden nun mein Handeln nachvollziehen können." Beanstock setzte eine wichtige Miene auf und schaukelte dabei auf seinen Füßen auf und ab. Die Damen des Hauses in der Baker Street 116B saßen mit offenem Mund und erstarrter Miene vor ihm.

Der Butler hatte nicht gelogen. Sir Percival war wirklich mit dem Leibarzt befreundet, wenn auch eher sehr entfernt. Aber er musste Mrs Parish ja nicht sagen, dass dieser Leibarzt schon uralt und sich längst im verdienten Ruhestand befand. Er musste auch nicht erwähnen, dass er nicht die amtierende Königin meinte, sondern König Georg V., der bereits 1936 gestorben war. Das war in diesem Fall irrelevant.

Mrs Parish erhob sich sehr langsam von ihrem Stuhl. Mit einer bedauernden Geste gab sie Beanstock den zerdrückten Hut, auf den sie sich im Eifer des Gefechtes niedergelassen hatte.

„Mr Beanstock, wenn Sie es so sagen. Das ist natürlich eine unglaubliche Tatsache, der ich mich nicht entziehen will. Geh jetzt zu Bett, Lucinda, mein Kind und denk daran, deine Oma meint es nur gut." Sie wischte sich eine kleine Träne aus dem Augenwinkel.

Das Mädchen huschte mit einem Lächeln an Beanstock vorbei und lief nach oben.

„Ich darf mich auch verabschieden, Mrs Parish, es war ein sehr langer Tag. Ich hoffe, Sie sind nicht aufgrund meines späten Erscheinens so lange aufgeblieben. Es wäre sicher eine vernünftige Vorgehensweise, wenn Sie mir ab morgen einen Schlüssel zur Eingangstür überlassen würden. Gute Nacht." Der Butler neigte den Kopf und begab sich zum Treppenaufgang.

Oben auf der ersten Treppenstufe zu den Zimmern der Damen, saß Lucinda mit dem Kater auf dem Schoß, der ein seliges Wohlfühlschnurren hören ließ.

Beanstock setzte sich zu ihr. Er hatte immer noch diese leidige Lebertranflasche in der Hand.

„Was sollen wir mit dem Objekt Obskura machen Lucinda?" Das Mädchen sah ihn fragend an.

„Meinen Sie dieses Giftzeug?"

Er nickte belustigt mit dem Kopf.

„Wir werden es morgen im Garten vergraben", meinte sie in verschwörerischem Ton. „Ich hoffe nur, die Gartenbrownies nehmen es uns nicht krumm."

„Was sind Gartenbrownies?"

„Mein Vater hat mir von ihnen erzählt. Das sind kleine, manchmal auch boshafte Zwerge, die allerlei Streiche anzetteln. Es gibt davon ganz viele in Schottland. Mein Vater kam dort aus einem kleinen Ort. Aber nun ist er nicht mehr da. Und Mama ist auch fort. Sie wollten eigentlich nur zusammen etwas einkaufen gehen und sind dann nicht wiedergekommen. Vielleicht haben sie den Weg zurück nicht mehr gefunden?"

Beanstock sah Lucinda ernst in die Augen. Er wusste, dass ihre Eltern während eines Bombenangriffs umgekommen waren. Er erhob sich und gähnte leise.

„Nun musst du aber schlafen, sonst gibt es schon wieder Ärger mit deiner Oma. Sie hat dich sehr lieb, das weißt du doch oder?"

Lucinda stand auf, lächelte Beanstock fröhlich an und lief mit dem Kater Arthie im Schlepptau hinauf in ihr Zimmer. Dabei rief sie über die Schulter Beanstock zu:

„Sagen Sie Luc zu mir!"

Er lächelte.

Die Tür zu Gonzales Zimmer öffnete sich und ein verschlafenes Gesicht erschien in der Tür.

„Maldito, was für ein Lärm, ist schon Morgen?"

# Die Liebe eines Gärtners

John Stilton liebte jede Pflanze.

Er liebte die Grünen, die Bunten, die Kleinen, die Großen und die Unscheinbaren. Ja, er mochte sogar das Unkraut zwischen seinen exquisiten Stauden. Diese Vorliebe teilte seine Arbeitgeberin natürlich nicht.

Mehr als einmal hatte er, still und heimlich, einen von diesen wunderschönen gelben Löwenzahnpflanzen vorsichtig ausgegraben und vor der Mauer in den Außenbereich gepflanzt. Er liebte jegliches Grünzeug.

So hatte er den unscheinbaren Löwenzahn nicht verlassen, ohne ihm gut zuzureden.

„Mach deine Sache gut, mein kleiner Freund und sei nicht böse. Aber hier hast du es besser, glaub dem alten Stilton nur. Hier wird dich niemand stören, wenn du all die kleinen niedlichen Samenschirmchen wegpustest und in die Welt entlässt."

Stilton hatte den alten Strohhut fest auf den Kopf mit den weißen Haaren gedrückt und den Spaten wiederaufgenommen. Mit einem Lächeln auf dem Gesicht war er zurück an seine Arbeit in dem weitläufigen Garten der Contessa de Fronti gegangen, wie sie sich selbst gern titulierte, obwohl dieser Name eher ihrer ausgeprägten Fantasie entsprungen war.

Seit fast vierzig Jahren hegte und pflegte er diesen Garten in der Nähe des Richmond Parks.

So lange er hier Gärtner war, lebte auch die Contessa hier. Mr Stilton kannte sie schon, als sie noch ein junges Mädchen gewesen war. Ihr Vater hatte das Anwesen gekauft und war vor langer Zeit aus Italien herübergekommen.

Hier hatte er seine Liebe zu den Pflanzen und zur Köchin des Hauses entdeckt. Sie hatten geheiratet und weiterhin in dem kleinen Gärtnerhaus neben dem Kräutergarten gewohnt.

Die Contessa nahm es gelassen, obwohl ihre vornehmen Freundinnen aus der feinen Gesellschaft ihr vorhielten, zu weich mit den Dienstboten umzugehen.

Sie war viel zu stolz auf diesen wunderschön gestalteten Garten und auf die exzellente Küche ihres Hauses. Für beides erntete sie Lob von allen Seiten.

Das Ehepaar Stilton war dankbar, auf ihrem Grundstück wohnen zu dürfen. Dann kam ein Töchterchen zur Welt und kindliches Lachen zog ein in den Garten der Contessa. Schon frühzeitig nahm Mr Stilton seine kleine Anna mit zum Harken, Pikieren und Pflanzen. Bereits mit acht Jahren verstand sie etwas von dem Schneiden der empfindlichen Rosen und dem Kampf gegen die Blattläuse. Sie war ein fröhliches Kind und die Contessa nahm auch dies gelassen hin.

Dann kam ihr heißgeliebter Sohn zurück aus dem Krieg und alles wurde anders. Die Tochter der Stiltons war nun eine junge hübsche Frau mit wunderbar glänzenden hellbraunen Locken. Er war ein junger Mann mit Manieren und hielt in angemessener Weise um die Hand Annas an. Beide Familien waren dagegen. Die Standesunterschiede wären zu gewaltig, hatte der Gärtner gemeint. Die Contessa hatte tagelang getobt und hätte wohl den Gärtner und seine Familie hinausgeworfen, wenn, ja wenn sie nicht diese Dame von Welt wäre, die sie nun einmal war.

Es wurde eine wunderbare Hochzeit. Anna zog ins große Haus um, und der Gärtner blieb, wer er war und wo er war. Seine liebe Frau hatte das Glück ihrer Tochter leider nicht mehr erlebt. Sie war viel zu früh von ihnen gegangen.

Und sein Mädchen kam nun, ausgelassen wie immer, über den winterlichen Rasen gelaufen und rief nach ihrem Vater.

„Vater, du sollst bei diesem Wetter nicht so lange draußen herumlaufen. Du holst dir noch den Tod bei der Kälte. Komm auf eine Tasse Tee in die Küche, ach bitte, Milly würde sich so freuen. Die Kleine ist schon ganz aus dem Häuschen wegen des Weihnachtsmannes. Sie will von ihrem Opa wieder diese wunderbare Geschichte über den Nordpol hören."

Etwas mühsam erhob sich der alte Gärtner und lächelte Anna an.

„Die Rosen brauchen auch im Winter meine Aufmerksamkeit. Ich muss immer wissen, ob es ihnen gut geht. Ich komme gleich, Liebes."

Anna drehte sich zufrieden um, dann fiel ihr noch etwas ein. „Ach, ich vergaß, es kam ein Brief für dich, er liegt im Gartenhaus. Aber bitte komm erst zum Tee, ja?"

Ein Brief? Er erwartete von niemandem Post. Die Neugier siegte, und er ging hinüber zum Gartenhaus, in dem er seit langer Zeit sehr behaglich wohnte.

Auf dem blank polierten Tisch in der Küche lag ein großer grauer Umschlag. Nur sein Name stand auf dem Kuvert.

Kein Absender, keine Briefmarke. Er zog den eng mit einer feinen Schrift beschriebenen Bogen aus dem Umschlag und sah sich das seltsame Zeichen in der oberen Mitte an. Man konnte es kaum erkennen, aber es kam ihm bekannt vor. Seine Hand griff zu der Brosche an seinem Hemd, dem kleinen unscheinbaren Gänseblümchen. Er las.

Er musste sich setzen und sah hinaus durch das winzige Fenster in den verschneiten Garten. Ein Garten ist zu jeder Jahreszeit schön. Die vereisten Stauden und die überzuckerten Tannen erschienen wie ein Zauberwald vor seinen Augen, aus denen nun heiße salzige Tränen flossen. Er stand auf und ging zum Kamin. Ein Streichholz und das Blatt und der Umschlag brannten lichterloh. Dann nahm er ein anderes Blatt und schrieb einen einfachen Satz darauf.

„Ich liebe Euch." Daneben lag die Brosche.

Als er zurück aus dem Schuppen war und den Tee getrunken hatte, mit viel Zucker und noch einer anderen Zutat, sah er einige Zeit dem einsetzenden Schneefall zu, bevor ihn die Krämpfe durchzuckten. Es ging schnell.

Und durch den Richmond Park klang eine leise Melodie, die von einem einfachen unschuldigen Papiermond erzählte.

# Scotland Yard

In einer halsbrecherischen Aktion flog der Bentley in die Kurve und bog in die Brook Street ein. Einige Damen, mit allerlei bunten Tüten im Arm, die gerade das traditionsreiche Kaufhaus Selfridges verließen, sahen dem Fahrzeug erschrocken nach. Beanstock räusperte sich vernehmlich, blickte dabei aber nicht von seinen Notizen in dem kleinen schwarzen Buch auf.

Gonzales ging eine Melodie nicht aus dem Kopf. Gerade noch rechtzeitig fiel ihm ein, dass der Butler von seinen gesanglichen Qualitäten nichts hören wollte.

Nach der Regent Street machte der Chauffeur einen Linksschlenker und man konnte den Trafalgar Square in seiner ganzen Schönheit überblicken.

Ohne aufzusehen grummelte Beanstock: „Dieser Umweg war unnötig Señor Gonzales. Auch wenn ich über meinen Notizen grübele, bemerke ich doch genau Ihren Fahrstil und Ihre Routenwahl."

„Maldito, Mr Beanstock, sehen Sie doch wenigstens hinüber zu diesen riesigen schwarzen Löwen. Was für ein Anblick, was meinen Sie, sind diese Löwen innen hohl? Und ob man darin in die Londoner Unterwelt hinabsteigen könnte?" Gonzales bekam einen träumerischen Gesichtsausdruck.

Beanstock blickte erstaunt auf.

„Was sollte denn Ihrer Meinung nach dort unten zu finden sein?"

„Fantastische Dinge, Señor Beanstock!"

Beanstock schüttelte resignierend den Kopf.

„Konzentrieren Sie sich auf den Verkehr, der Bentley sollte in einem Stück zurück nach Parsley Manor gelangen."

Der Chauffeur lächelte und betätigte den Blinker. Das Auto fuhr nun auf die Victoria Embankment, und der beeindruckende Gebäudekomplex des New Scotland Yard kam in Sichtweite. Wenn man die Augen zusammenkniff, konnte man meinen, die hübsche Schwester des Tower of London vor sich zu haben.

An jeder Gebäudeseite erhoben sich gewaltige Türme, in diesem Fall allerdings rund und nicht eckig, wie bei dem berühmten und berüchtigten Tower. Rote Ziegel dominierten das Bild im oberen Bereich. Dazwischen unterbrachen helle Zementstreifen die Fassade.

Der Architekt Richard Norman Shaw hatte eine ganz eigene Interpretation des so genannten Queen Anne Stils entworfen und damit weltweit für Nachahmer gesorgt.

Am Haupteingang ließ Beanstock den Bentley halten und drehte sich zu Gonzales um.

„Sie werden von hier aus über die Westminster Bridge in Richtung Waterloo Station fahren. Dort befindet sich der Green Park. Die Coral Street werden Sie leicht finden. Am Ende der Sackgasse befindet sich ein sehr unscheinbares Antiquitätengeschäft. Über dem Eingang steht nur der Name des Besitzers, Monsieur Plumboom. Bestellen Sie Grüße von mir und sagen Sie ihm, Sie kommen im Auftrag von Sir Percival Parsley. Dann kaufen Sie etwas für Lucinda."

Gonzales verstand überhaupt nichts.

„Für das Kind aus unserer Pension? In einem Antiquitätengeschäft? Was soll ich denn dort besorgen?"

„Sie werden es wissen, wenn Monsieur Plumboom Sie mit in die hinteren Räume nimmt."

Damit gab er dem sprachlosen Chauffeur ein paar Geldscheine und stieg aus dem Wagen. Beanstock hatte seine Taschenuhr aus der Westentasche gezogen.

„Es ist jetzt genau zehn Uhr und fünf Minuten. Ich erwarte Sie hier in einer Stunde. Also um elf Uhr und fünf Minuten."

Der Chauffeur sah dem Butler mit offenem Mund nach. Dann fuhr er kopfschüttelnd davon, um den Auftrag zu erledigen, der ihm reichlich seltsam erschien.

Scotland Yard wurde zu einer Zeit erbaut, als man noch dachte, die Kriminalitätsrate im Königreich würde überschaubar bleiben. Die Aufklärungsrate war eher zufriedenstellend und viele Fälle blieben unaufgeklärt. Das änderte sich erst mit der Gründung des Yards, wie es im Volksmund bald genannt wurde und einer eigenen Abteilung für Kriminalfälle, die durch ihre Ermittlungsmethoden mittels Fingerabdruckvergleich weltweit Interesse weckte.

Und noch heute erreichte man das Yard über die Telefonnummer White Hall 1212.

Beanstock fragte den wachhabenden Constable am Eingang nach dem Büro von Inspector Morris und wurde in die zweite Etage verwiesen.

„Zimmer Nummer 2-21, Sir."

Beanstock sah eine Unmenge von Treppen, Gängen und offenen Bürotüren. Das Klappern der Schreibmaschinen, ein unbeschreibliches Stimmengewirr, vorbeieilende Sekretärinnen mit Aktenstapeln unter dem Arm und das Rattern der Bürowagen verwandelte die zweite Etage in den Bahnhof Kings Cross während der Rush Hour.

Die Bürotür 2-21 war geschlossen.

Beanstock klopfte. Nichts rührte sich. Er klopfte erneut. Nichts.

Vorsichtig griff er nach der Klinke, drückte sie und öffnete die Tür. Vor dem Fenster gegenüber stand ein Mann mit dem Rücken zu Beanstock. Das Zimmer war nicht groß und sicher auch nicht sehr hell und freundlich, was Beanstock den schmutzigen Fenstern, den Aktenbergen auf Fensterbrett und Schreibtisch, sowie der vergilbten Tapete zuschrieb.

Er räusperte sich. Der kleine Mann drehte sich um. In seinem Mund verschwand ein Cremetörtchen, das letzte Stück, was er sehr zu bedauern schien, wie Beanstock wahrnahm.

„Schließen Sie um Himmels Willen diese Tür und kommen Sie herein. Dieser Lärm ist nicht auszuhalten."

Beanstock verstand, und nachdem er die Tür leise zugezogen hatte, verbeugte er sich leicht und stellte sich vor.

„Mein Name ist Arthur Reginald Beanstock. Spreche ich mit Inspector Morris?"

„Sieht so aus, setzen Sie sich", erwiderte der Inspector kurz angebunden.

„Ich nehme an, Mr Black hat mich avisiert?"

Inspector Morris sah sein Gegenüber mit zusammengekniffenen Augen prüfend an.

„Hat er, hat er. Mr Black, ich möchte wirklich gern

84

wissen, was diese Namenswurschtelei zu bedeuten hat. So heißt der Mann doch gar nicht. Aber er wird von einer sehr hohen Stelle geschützt. Da kann man nichts machen."

Beanstock lächelte.

„Ich würde gern erfahren, wie man Hortensia Peachwood vorfand. Gab es einen Abschiedsbrief? Was hat die Obduktion ergeben? Diese eigenartigen anderen sogenannten Selbstmordfälle sind Ihnen doch sicher auch sehr suspekt, Sir?"

Inspector Morris Augenbrauen schossen nach oben.

„Mein guter Mann, ich bin hier derjenige, der die Vernehmung leitet und ich frage Sie. Nicht andersherum. Sie werden mir jetzt erst einmal ein paar Fragen beantworten. Woher kannten Sie die Dame und warum hinterließ Sie Ihnen diese Brosche?" Bei diesen Worten legte er vor dem Butler das kleine Gänseblümchen ab und den gefundenen Abschiedsbrief.

„Darf ich den Brief in die Hand nehmen? Sie haben sicher eventuelle Fingerabdrücke bereits gesichert, nicht wahr Inspector?"

„Nur zu, bitte, es waren leider nur die Abdrücke der Toten darauf."

Beanstock sah sich den Brief sehr sorgfältig an.

„Das ist eindeutig die Schrift von Mrs Peachwood. Etwas zittrig, der Aufregung zuzuschreiben, aber es ist doch ihre Schrift?" Inspector Morris sah ihn fragend an.

„Oh, entschuldigen Sie, ja, das ist ihre Schrift. Es nimmt mich doch etwas mit, diesen Brief meiner alten Freundin in der Hand zu halten. Wir kennen uns aus der Zeit, als ich gerade meine Ausbildung beendet hatte. Ich hatte aushilfsweise im Haushalt der Familie des Lord Yoster gearbeitet. Dort traf ich auf Mrs Peachwood und wir wurden gute Freunde."

Der Inspector nahm den Abschiedsbrief und die Brosche wieder an sich und steckte beides in einen braunen Beweismittelumschlag.

„Ach, bevor ich es vergesse, Inspector, ich soll Ihnen Grüße ausrichten. Inspector Greenwood aus Parsley Field hat mich explizit darum gebeten. Wir halten ihn für einen sehr fähigen Ermittler."

Inspector Morris sah Beanstock eine Weile abschätzend an. Dann kratzte er sich kurz an der Nase, die einen beträchtlichen Teil seines Gesichts einnahm. Er öffnete den Umschlag erneut und schob Beanstock die kleine Brosche über den Schreibtisch.

„Nehmen Sie schon. Sie sollten sie ja bekommen und für den Fall ist sie, denke ich, nicht weiter relevant." Er machte eine kurze Pause.

„Soso, Tommy Greenwood, der alte Schlingel. Ist er in Parsley Field gelandet. Ich hörte nur, dass er um Versetzung gebeten hatte. Aber in so ein Nest? Oh, entschuldigen Sie. War nicht so gemeint. War ein wirklich guter Kollege und Freund. Hat mich von den Sahnetörtchen ferngehalten. Vermisse ihn. Vor allem die Freitagabende."

Dabei klopfte sich der Inspector grinsend auf den rundlichen Bauch. Beanstock fragte nicht nach, was an den Freitagabenden Besonderes gewesen war, aber er hoffte, den Inspector nun zugänglicher gestimmt zu haben.

Inspector Morris erzählte ihm von Hortensia Peachwood, wie man sie aufgefunden hatte und von der kleinen Medizinflasche mit dem roten Inhalt, die nun leer gewesen war.

Er berichtete, dass der Obduktionsbericht keinen Zweifel hinterließ, dass sie die tödliche Dosis selbst eingenommen hatte.

„Also", folgerte der Inspector schließlich, „wieder einmal ein Selbstmord."

Beanstock sah ihn zweifelnd an.

„Aber die Häufung der sogenannten Selbstmorde unter Dienstboten, kann kein Zufall sein. Da spielt noch etwas anderes eine entscheidende Rolle. Es muss einen Auslöser gegeben haben. Irgendetwas. Ich würde gern mit Ihrer Erlaubnis einmal einen Tatort genauer untersuchen. Manchmal sieht ein Außenstehender mehr als die untersuchenden Beamten, bei allem Respekt natürlich für Ihre Arbeit, Sir."

Inspector Morris kratzte sich an seiner Nase.

„Mein Chef ist anderer Meinung. Er hat mir gestern mitgeteilt, dass ein Selbstmord ein Selbstmord ist, ohne Fremdeinwirkung und ich solle es zu den Akten legen. Er hat mir nur eine Woche gegeben, die Dinge zu untersuchen."

Das Telefon klingelte. Inspector Morris nahm mit einem tiefen Seufzer ab. Und dieser Seufzer sollte sich als Vorahnung herausstellen.

„Ich komme sofort", sagte er in den Hörer und schloss kurz die Augen. Dann sah er Beanstock vielsagend an und stand auf.

„Ein neuer Selbstmord, ein Gärtner." Er griff nach seinem Mantel. „Sie dürfen mich begleiten, Mr Beanstock. Ihre

87

Bitte erfüllt sich also schneller als gedacht. Allerdings kann ich Sie nicht im Wagen mitnehmen."

Beanstock sprang auf und sah auf seine Taschenuhr.

„Danke Inspector, ich weiß das zu schätzen. Ich denke, mein Chauffeur wartet bereits vor dem Eingang."

Inspector Morris notierte die Adresse und gab ihm den Zettel. Die Gänseblümchenbrosche landete in Beanstocks Tasche. Dann verließen die beiden Herren das Yard.

Gonzales stieg aus dem Bentley. Die Coral Street war leicht zu finden gewesen. Gegenüber dem Green Park entdeckte der Chauffeur ein Geschäft. Das musste es sein. Es gab hier keine anderen.

Wie ein roter Pickel quoll das Schaufenster aus der ansonsten grauen Fassade. Es bildete einen Halbkreis auf dem Fußweg und erlaubte es dadurch dem geneigten Publikum einen weiten Blick auf viele kleine und große Dinge zu werfen. Oberhalb des Geschäfts stand in verblasster goldfarbener Schrift *Monsieur Plumboom*. Wie es der Butler erklärt hatte.

Gonzales blickte neugierig in das Schaufenster. Auf vielen verschieden großen Samtkissen lagen die Schätze der Vergangenheit. Taschenuhren, Ketten und Ringe, Broschen mit glitzernden Steinen. Dahinter stapelten sich Vasen, Teller und Schüsseln, manche angeschlagen und teilweise mit Staub bedeckt.

Gonzales war sich vollkommen sicher, dass er hier nichts für das Mädchen finden würde. Noch nicht einmal altes Spielzeug war zu sehen. Aber vielleicht hatte der Besitzer ja im Hinterzimmer noch einzelne bessere Stücke, eine Puppe vielleicht oder ähnliches. Nicht gerade überzeugt von seinem Auftrag, betrat er das Geschäft.

Der Eindruck, dass dieser Laden die besten Zeiten hinter sich hatte, verstärkte sich im Inneren noch.

Es war ruhig, kein Kunde stöberte in den Auslagen, kein eifriger Verkäufer prahlte über die ausgezeichnete Qualität der angebotenen Waren. Gonzales ging zum Tresen auf dem eine goldfarbene Tischglocke stand.

Er sah sich noch einmal prüfend um, dann schlug er auf die Glocke. Sofort kam aus dem Hinterzimmer eine singende Stimme mit einem seltsamen Akzent.

„Ich komme, un moment!" Ein sehr dünner und sehr großer Herr erschien grinsend in der Tür und eilte auf Gonzales zu. Er hatte eine rosige Gesichtsfarbe und lange hellblonde Haare, die er zu einem Zopf gebunden hatte. Er trug ein weißes Hemd, das ungewöhnlich vom verstaubten Eindruck des Geschäfts abstach und eine blendend weiße bodenlange Schürze. Alles in allem schien er wie frisch gebadet. Gonzales blieben die Worte im Hals stecken.

„Monsieur? Was kann ich für Sie tun?", fragte der Herr nun. „Ich bin Monsieur Plumboom, der Besitzer dieses wunderschönen Geschäfts."

Zweifelnd sah sich der Chauffeur um.

„Guten Tag, ich komme von dem Baronet Sir Percival Parsley und wurde speziell von Mr Beanstock geschickt. Ich soll hier etwas für ein kleines Mädchen kaufen?"

„Oh, Monsieur Beanstock", er betonte dabei das Bean mehr als das Stock, „wie ich mich freue von ihm zu hören.

Er ist doch nicht krank? Er kommt sonst immer sehr gern selbst zu mir."

Gonzales beruhigte ihn und ging nun einige Schritte durch das Geschäft.

„Vielleicht können Sie mir einen Rat geben. Ich weiß nicht, was ich hier für ein Kind kaufen sollte."

Gonzales Frage schien Monsieur Plumboom sehr zu amüsieren. Er hielt sich den Bauch vor Lachen. Er hob den Zeigefinger der rechten Hand und bedeutete Gonzales ihm zu folgen.

Die beiden Männer gingen durch das Hinterzimmer in ein kleines Büro, in dem es seltsamerweise intensiv nach Zimt duftete. Dann öffnete Monsieur Plumboom die Tür zum nächsten Raum und Gonzales schreckte zurück. Hinter dieser Tür erwartete ihn eine Explosion von Farben und Gerüchen. In einem sauber gefliesten, hell erleuchteten Raum standen silbrig glänzende Kessel auf Feuerstellen. Es brodelte in den Töpfen und Tiegeln und ein betörender Duft nach Vanille, Himbeeren und Schokolade durchzog jedes Eckchen des Raumes.

„Voila, mein Himmelreich!", rief Monsieur Plumboom. „Hier finden wir sicher etwas für Ihre kleine Naschkatze, nicht wahr?"

Gonzales war sprachlos. Von diesem geheimnisvollen Ort bezog der Butler also diese unglaublichen Leckereien, die Sir Percival manchmal an die Nachbarskinder verschenkte und ab und zu, an den Feiertagen, bekam auch das Personal in Parsley Manor etwas davon. Niemand hatte herausbekommen, woher Beanstock diese Dinge bezog. Der Butler schwieg, wie immer, wenn es um Sir Percival und Lady Fedora ging, beharrlich.

Noch gab es die Zuckerrationierung in Großbritannien. Das betraf auch diese Art von Süßigkeiten. Bei der guten Mrs Bloom in Parsley Field gab es seit einiger Zeit auch Toffees und Himbeerbonbons, wahrscheinlich kamen diese Dinge auch von hier.

„Wie wunderbar, un milagro, haben Sie dieses Talent in Ihrer französischen Heimat erlernt?"

Monsieur Plumboom schien etwas verschnupft.

„Mein Herr, ich bin Belgier und lege Wert darauf. Nur in Belgien gibt es außergewöhnliche Schokoladen und Süßigkeiten dieser Art. Wir haben sie sozusagen erfunden."

Gonzales entschuldigte sich umständlich. Nichts wäre schlimmer, als wenn diese süße Strecke abreißen würde.

Schließlich stand der Chauffeur mit mehreren Tüten auf der Straße und freute sich bereits auf das Gesicht des kleinen Mädchens. Er hatte Schokoladensplitter, Zitronenbonbons und Karamell Toffees ausgewählt. Und in seinem Mund zerfloss gerade ein Kunstwerk aus Sahne und Karamell mit einem Überzug aus dunkler Schokolade. Zufrieden machte er sich auf den Rückweg zum Yard.


Der Butler stand bereits vor der Tür und erwartete ihn. Als er eingestiegen war, übergab er dem Chauffeur einen Zettel mit einer Adresse und die Anweisung, sofort dorthin zu fahren. Unterwegs berichtete Gonzales von seinem Erlebnis in der Coral Street. Er hoffte dabei auf ausführliche Informationen, woher Beanstock diesen Herrn kannte.

„Er ist ein alter Freund Sir Percivals aus Kriegstagen."

Das war der einzige Kommentar, den der Butler dazu abgab. Gonzales kannte den Butler und hakte nicht weiter nach.

Wieder einmal überquerten sie die Themse, um dann in Richtung Richmond Park zu fahren. Als sie in die Kingston Road einbogen, konnten sie bereits von weitem die Präsenz der Polizei erkennen. Die Einfahrt zum Anwesen war abgesperrt worden. Beanstock kurbelte das Fenster herunter und nannte dem jungen Constable am Eingang der Absperrung seinen Namen. Inspector Morris hatte Wort gehalten und sie durften passieren.

Nach einigen Metern tauchte hinter den kahlen Baumriesen eine große Villa auf. Wenn der Schnee nicht gewesen wäre, hätte man meinen können, in Italien zu sein. Das Haus mit seiner weißen, reich verzierten neugotischen Fassade ähnelte dem Palazzo Franchetti in Venedig. Die Hanfpalmen vor dem Eingang verstärkten diesen Eindruck noch, obwohl sie, durch die Schneelast auf den zusammengebundenen Palmwedeln, seltsam fehl am Platze wirkten. Gonzales parkte den Bentley neben den Polizeiautos in der breiten Einfahrt.

„Warten Sie hier, Señor Gonzales, ich bin bald zurück."

Beanstock stieg aus dem Wagen und ging auf die Eingangstür zu.

Der Constable vor dem Eingang zur Villa zeigte ihm den Weg in den Garten. Dort würde Inspector Morris zu finden sein. Aus einem offenen Fenster erklang leises Weinen und die beruhigende Stimme einer älteren Dame.

Das Gartenhaus stand etwas abseits und war von hohen uralten Bäumen umgeben. Der Schnee vor der offenen Haustür war von den vielen Polizeischuhen vollkommen zertreten und zu Matsch geworden. Beanstock betrat das Haus und sah sich um. Aus der Küche kamen Stimmen. Als Beanstock in den Raum kam, erhob sich gerade der Rechtsmediziner Dr. Seeker von der Leiche des Gärtners, die auf dem Boden lag.

„Mr Beanstock, sehen wir uns eigentlich immer unter solchen schrecklichen Umständen?", fragte der Doktor mit einem leichten Grinsen.

„Dr. Seeker", begrüßte ihn Beanstock mit einer leichten Verbeugung, „es ist schön, Sie wieder zu sehen."

Inspector Morris kam aus der kleinen Stube nebenan.

„Wen kennen Sie denn noch so, Mr Beanstock? Soll ich Ihnen das gesamte Yard vorstellen, oder wäre das unnötig?"

Dr. Seeker machte sich wieder an seine Arbeit.

„Also, ich kann auf jeden Fall die Todesursache einem Gift zuschreiben, dass ich natürlich erst im Labor bestimmen kann. Aber dem Geruch aus dieser Teetasse nach zu urteilen, tippe ich auf Rattengift, das man leider noch immer viel zu einfach kaufen kann. Die Todeszeit liegt zwischen zehn und zwölf Uhr dieses Tages. Ansonsten erwarten Sie meinen Bericht."

Der Rechtsmediziner hatte die Fakten in einem unbeteiligt wirkenden amtlichen Ton abgespult, den er sich durch die lange Routine und die vielen Toten, mit denen er es zu tun bekam, angewöhnt hatte. Nur so konnte er auf Abstand zu dem Leid bleiben, das er erleben musste.

Inspector Morris zeigte Beanstock den Abschiedsbrief und die Gänseblümchenbrosche.

„Wieder jemand aus Ihrer Abteilung, oder?"

Der Butler betrachtete die Dinge und nickte traurig.

„Hier können wir nichts mehr tun. Kommen Sie, wir reden mit der Contessa im Haus. Es gibt noch die Tochter des Gärtners, Anna, die mit dem Sohn der Contessa verheiratet ist. Sie haben eine kleine Tochter. Ihr Ehemann ist zurzeit nicht anwesend, er ist geschäftlich in Übersee.

Ich bin ehrlich, Mr Beanstock, das ergibt überhaupt keinen Sinn für mich. Es sind eindeutig Selbstmorde, und es waren vollkommen gesunde Menschen, die kein psychisches Problem hatten und sich aus heiterem Himmel umbringen. Sehen Sie hier einen Sinn?"

Auf dem Weg nach draußen fiel Beanstocks Blick auf den Kamin. Das Feuer war heruntergebrannt. Aber vor dem Gitterrost lag ein Stück angekohltes Papier.

Er nahm sein Taschentuch aus der Hosentasche und griff danach.

„Was haben Sie da gefunden?", fragte der Inspector.

„Es sieht wie ein Stück von einem Umschlag aus. Mr Stilton verbrannte ihn wahrscheinlich, weil er nicht wollte, dass er nach seinem Tod gefunden wird. Das finde ich seltsam."

„Ich verbrenne auch ab und zu Papier, Beanstock, da finde ich nichts dabei. Aber geben Sie das Stück dem Constable, der kann es eintüten. Man kann nie wissen."

Vor der Tür zur Villa stand wieder einmal Constable Higgins, wie schon bei den anderen Selbstmordfällen auch.

„Nun Constable, wieder mal eine Melodie gehört?", fragte der Inspector im Vorbeigehen. Der junge Polizist errötete und stand sofort stramm.

„Nein Sir, diesmal ist alles ruhig, Sir!"

Beanstock wunderte sich darüber.

„Wie meinen Sie das? Was für eine Melodie?"

„Das hat sicher nichts zu bedeuten", meinte der Inspector und erzählte ihm davon.

„Oh, ich finde, auch Kleinigkeiten können durchaus wichtig sein. Ich würde diese Geschichte nicht sofort ausklammern. Zumal es mehrmals vorkam, dass der Constable die Melodie an Tatorten hörte."

„Wenn es Ihnen Spaß macht, legen Sie es in Ihrem Gedächtnispalast ab, ich für meinen Teil halte es für weniger wichtig", brummelte der Inspector und kratzte sich an seiner Nase.

„Woher wissen Sie, dass ich einen Gedächtnispalast habe? Davon habe ich noch niemandem berichtet?"

„Sie sind der Typ dafür, Mr Beanstock, Sie sind absolut der Typ dafür."

Der Butler zog überrascht eine Augenbraue empor und folgte ihm ins Haus. Dabei warf er einen kurzen Blick zu dem Bentley in der Auffahrt. Gonzales war nirgends zu entdecken. Wo trieb sich dieser Chauffeur schon wieder herum?

Die Empfangshalle der Villa und die wartende Person in der Mitte neben dem runden Tisch mit der prall mit Blumen gefüllten Vase, glichen dem Gemälde, das im Hintergrund fast die gesamte Wand bedeckte. Die Dame schien sogar ein ähnliches Kleid zu tragen, ein graues Musselinkleid mit üp-

95

pigem Kragen. Die grauen vollen Haare waren nach oben gesteckt und wurden an der Seite mit einer glitzernden Spange zusammengehalten. Das Kinn stolz erhoben und den Blick aus grünlichen Augen starr auf die beiden Herren gerichtet, die nun hereingekommen waren. Inspector Morris überlegte einen Moment, ob er die Figur anstupsen sollte, um sicher zu sein, dass sie lebte. Er verbeugte sich leicht.

„Contessa, Inspector Morris von Scotland Yard. Das ist Mr Beanstock", er räusperte sich kurz, „ein Berater. Unser Beileid für Ihren Verlust. Wir würden Ihnen und Ihrer Schwiegertochter gern ein paar Fragen stellen, wenn es möglich wäre."

Aus dem Salon zur Linken trat in diesem Moment eine junge Frau mit einem Kind auf dem Arm. Das Kind konnte höchstens drei Jahre alt sein und blickte den Männern mit einem unvoreingenommenen Ausdruck, den nur Kinder besitzen, entgegen.

Neben der jungen Dame erschien ein Dienstmädchen. Sie nahm das Kind und ging zu der Treppe im Hintergrund. Der Blick der jungen Frau folgte dem Weg des Kindes die Treppe hinauf. Dann führte die Contessa die beiden Herren in den Salon. Sie wurden gebeten Platz zu nehmen und Inspector Morris begann mit der Befragung.

„Wenn es Ihnen nichts ausmacht, Mrs Fronti...", er wurde von der Contessa unterbrochen.

„Contessa De Fronti bitte, Commisioner, so viel Zeit muss sein. Wir sind eine Familie mit einer langen Tradition und stolz auf unseren Namen, der bereits in den Annalen der Dogen von...", nun wurde die Dame unterbrochen.

96

„Bitte, Contessa, es geht hier nicht um die Familie De Fronti." Die leise gesprochenen Worte kamen von ihrer Schwiegertochter.

Der Inspector räusperte sich verlegen.

„Inspector, nicht Commisioner, Contessa." Die Contessa bekam schmale Lippen und lehnte sich beleidigt zurück.

„Sie sind die Tochter John Stiltons, hier angestellt als Gärtner, ist das richtig?" Damit wandte er sich der jungen Frau zu. „Wann haben Sie Ihren Vater das letzte Mal gesehen?"

Mrs De Fronti erzählte von dem heutigen Morgen. Wie sie ihren Vater bat hereinzukommen und nicht in der Kälte zu arbeiten. Sie brach erneut in Tränen aus.

„Warum, meinen Sie, ist er dann nicht sofort gekommen?", fragte nun Beanstock mit einem vorsichtigen Seitenblick auf den Inspector.

„Ich weiß es nicht. Ich kann es überhaupt nicht verstehen. Er war doch immer ein so zufriedener Mensch, und er liebte sein Enkelkind abgöttisch. Er ging auf in seiner Gartenarbeit. Ich hatte am Morgen diesen Brief zu ihm gebracht und dann traf ich ihn in den Rosenbeeten an. Es war Schnee gefallen und seine Hände waren ganz blau von der Kälte. Er lehnte es immer ab, Handschuhe… " Sie konnte nicht weiterreden und senkte den Blick.

Der Inspector erhob sich und bedeutete Beanstock mit einem Wedeln seiner Hand, ihm zu folgen.

„Ich denke, wir werden Sie jetzt verlassen. Das war erst einmal alles. Wenn es noch Fragen gibt, werden wir uns melden." Er wandte sich zur Tür und war schon fast in der

Halle, als er bemerkte, dass der Butler nicht mitkam und eine weitere Frage stellte.

„Was war das für ein Brief, Mrs De Fronti, wenn ich fragen darf?"

Sie dachte kurz nach. „Nun, ein ganz normaler grauer Umschlag, ein großer Umschlag. Ich wunderte mich noch, wieso nur der Name meines Vaters mit Hand geschrieben darauf stand und ansonsten keine Adresse. Ich brachte ihn in das Gärtnerhaus und suchte dann meinen Vater."

Beanstock verbeugte sich und folgte dem Inspector.

Aus einer der hinteren Türen kam ein junges Mädchen mit einem Stapel dunkler Tücher. Sie begann den großen Spiegel in der Halle zu verdecken. Inspector Morris sprach das Mädchen an.

„Sie sind Flores, nicht wahr?"

Das Mädchen knickste und lächelte ihn an.

„Sie haben den Toten gefunden. Wie kam es dazu?"

„Madame bat mich, ihren Vater zu holen, um mit ihm Tee zu trinken. Dann fand ich ihn dort. Merkte sofort, der ist nicht mehr bei sich und rannte zurück zum Haus, um einen Arzt zu holen, war aber zu spät. Ich sehe, wenn einer nicht mehr am Schnaufen ist, das können Sie mir glauben, Herr Kommissär. Hab lange im Krieg im Lazarett gearbeitet und hab´s gesehen."

„Inspector, ich bin Inspector, Kommissare gibt es hier nicht. Woher kommen Sie denn?"

„Bin aus Österreich. Meine Eltern waren…"

Wenn der Inspector ihrem Redefluss hier nicht Einhalt geboten hätte, würden die beiden Herren wohl auch noch die

Geschichte der Großeltern von Flores erfahren haben. Aber er hob die Hand und verabschiedete sich mit einem Kopfnicken. Die beiden Herren verließen das Haus.

Beanstock zog seine Taschenuhr aus der Weste.

„Ich habe um sechzehn Uhr einen Termin, den ich nicht verpassen möchte. Ich werde mich mit dem Butler der Familie Tirell unterhalten."

„Na dann viel Vergnügen. Der hat mehr als nur einen Stock im Rücken, das können Sie mir glauben. Ich habe ihn bereits befragt, aber wenn Sie meinen, mehr zu erfahren, ist das Ihre Entscheidung. Wir bleiben in Verbindung Mr Beanstock, ist das klar?"

„Das ist mir durchaus klar, Inspector, ich würde Ihnen nichts vorenthalten, was von Belang wäre."

Mit einer kleinen Verbeugung verabschiedete sich der Butler und begab sich zu dem Bentley, neben dem Gonzales stand und rauchte, als ob er niemals fort gewesen wäre.

Als sie im Wagen saßen, gab Beanstock die Anweisung nach Mayfair zu fahren.

„Ich habe eine interessante Information für Sie, Señor."

„Soll ich es Ihnen aus der Nase ziehen oder geben Sie es freiwillig preis Gonzales. Und wo waren Sie schon wieder? Sie sollten am Wagen warten."

Gonzales lächelte.

„Ich hatte einen Plausch mit der Köchin und dem Dienstmädchen. Sie ist nicht sehr beliebt, die Señora Contessa. Sie haben es nicht offen zugegeben, aber die Kritik tropfte aus jedem Wort. Sie wollte die jetzige Frau ihres Sohnes am liebsten hinauswerfen, als sie von der Heirat hörte."

Beanstock notierte etwas in seinem kleinen schwarzen Buch und sagte, ohne aufzusehen, in beiläufigem Tonfall:

„Ich glaube nicht, dass dieser Umstand etwas mit dem Tod des Gärtners zu tun hat. Dann hätte die Contessa sicher schon viel früher etwas Mörderisches unternommen. Und sie sieht nicht aus wie eine Lucrezia Borgia. Da ist etwas Anderes, das ich noch nicht sehe, aber Gonzales, merken Sie sich meine Worte, jeder Mörder macht irgendwann einen Fehler."

Gonzales wiegte den Kopf.

„Aber es sind Selbstmorde, das sagten Sie doch. Wie kann es da einen Mörder geben?"

Schweigend und in Gedanken vertieft fuhren die beiden weiter.

# Sir Thomas Cuthbert Tirell

Das elegante Haus im Stadtteil Mayfair verströmte bereits von außen den exklusiven Hauch von Luxus. Die rötliche Fassade, unterbrochen von weißen klassischen Säulen und Friesen, schien unberührt von den Zerstörungen des letzten Krieges. Alles wirkte frisch und sauber, und aus den hohen Fenstern leuchtete warmes Licht auf den verschneiten Gehsteig.

Beanstock stieg aus dem Wagen und sah hinauf zu der hohen Fassade. Gonzales trat neben ihn und schüttelte den Kopf.

„In diesem hübschen Haus soll jemand ermordet worden sein? Que triste."

„Señor Gonzales, sie würden sich wundern, was hinter hübschen Fassaden so alles passiert. Gerade hier in Mayfair, einem der wohl ältesten Stadtteile Londons, ist schon Schlimmes passiert. Man sagt sogar, es würde in einigen der teuren Häuser spuken und man habe mehr als einmal Geister gesichtet."

Beanstock warf einen amüsierten Seitenblick zu dem Chauffeur, der mit aufgerissenen Augen die Straße hinauf und hinuntersah. Als Gonzales endlich seinen Gesichtsausdruck bemerkte, wurde ihm klar, dass er dem Butler auf den Leim gegangen war.

„Maldito, machen Sie das nicht mit mir."

Beanstock sah sich nach dem Dienstboteneingang um, der in Stadthäusern meist über eine Treppe neben dem Haupteingang zu erreichen war. Er sah auf seine Taschenuhr. Es war kurz vor dem vereinbarten Termin.

„Señor Gonzales, Sie warten hier, es wird nicht lange Zeit benötigen. Und keine Ausflüge bitte."

Der Chauffeur tippte mit zwei Fingern an die Mütze und nahm seine Zigaretten aus der Tasche.

„Das sollten Sie sich abgewöhnen. Es ist der Gesundheit mehr als abträglich, Rauch in die Lungen zu lassen."

In diesem Moment öffnete sich die Eingangstür zu dem Stadthaus der Tirells und der Butler der Familie erschien.

Der Mann mit dem langen Gesicht, den wenigen Haaren und den großen Ohren ähnelte einem Windhund, der auf einer Zitrone herumkaute. Er stand stocksteif mit erhobenem Kopf in der Tür und sah auf seine Taschenuhr. Beanstock musste an die Bemerkung des Inspectors denken. Das sah wirklich nach mehreren Stöcken im Rücken aus. Er ging auf ihn zu und verbeugte sich leicht.

„Mr Beanstock nehme ich an? Es ist sechzehn Uhr, Sie werden erwartet." Dann trat er zur Seite und winkte ihn herein.

Gonzales verschluckte sich an seiner Zigarette und hustete laut. Die beiden Herren in der Tür sahen ihn missbilligend an.

Das Innere des Hauses zeugte, genau wie die Außenseite, von Luxus und Eleganz; polierte Marmorböden, orientalische Teppiche, hohe chinesische Vasen und schwere Brokatvorhänge.

Beanstock wunderte sich, dass er nicht durch den Dienstboteneingang hereingebeten worden war und erwähnte es dem Butler der Tirells gegenüber leise.

Der Butler räusperte sich und erklärte ihm mit einer näselnden arroganten Stimme, dass es eine Planänderung gegeben hätte.

„Sir Thomas wird Sie persönlich empfangen. Machen Sie es kurz, er hat wichtigere Aufgaben zu erledigen."

Beanstock war überrascht. Wieso kümmerte sich der Hausherr persönlich um den Selbstmord seines Dienstmädchens. Der Butler der Tirells, der sich als Mr Brooks vorgestellt hatte, führte Beanstock in das Büro des Abgeordneten Tirell im hinteren Teil des Hauses. Er klopfte und öffnete leise die Tür.

„Sir, dieser Butler ist nun gekommen und möchte Sie wegen dieser leidigen Angelegenheit sprechen."

Sir Thomas legte verärgert die Stirn in Falten.

„Brooks, sprechen Sie bitte etwas respektvoller von Miss Dashwood, wenn ich bitten darf."

Der Butler Brooks hob nur angewidert die Augenbraue und beugte den Kopf.

„Sie können gehen. Ich möchte mit dem Herrn allein sprechen."

Das war natürlich für Brooks eine Unmöglichkeit. Aber er musste sich fügen. Er drehte sich auf dem Absatz um und verließ ohne ein Wort den Raum.

Sir Thomas Tirell schloss kurz die Augen. Dann bat er Beanstock zu einer bequemen Sesselgruppe am Kamin, in dem ein Feuer knisterte.

„Darf ich Ihnen etwas anbieten, Mr Beanstock?"

Der Butler dankte und verneinte.

„Bei wem dienen Sie als Butler, wenn ich fragen darf?"

„Ich habe die Ehre, bei Sir Percival Baronet von Parsley und seiner Gattin Lady Fedora dienen zu dürfen, Sir."

„Oh ja, ich denke ich habe Sir Percival einmal auf einem Bankett zu Ehren Ihrer Majestät getroffen. Netter Kerl, wenn ich so sagen darf."

„Vielen Dank, Sir, das ist sehr gut erkannt, wenn ich das sagen darf."

Sir Thomas lächelte leicht. Dann griff er in seine Westentasche und legte vor Beanstocks Augen die Gänseblümchenbrosche auf den Tisch. Der Butler war überrascht.

„Sie haben sie also an sich genommen, Sir? Darf ich fragen, warum?"

„Ich wollte Sie aus einem ganz bestimmten Grund allein sprechen Mr Beanstock. Ich denke, ich kann mit Ihrer Diskretion rechnen?"

Der Butler nickte zustimmend.

„So lange ich Miss Dashwood, Susan, kannte, sah ich diese kleine Brosche an ihrem Revers. Sie kam hier zu uns als Dienstmädchen, als ich bereits verheiratet war. Sie half mir durch eine Zeit, die sehr schwer für mich gewesen war. Bitte verstehen Sie mich richtig. Wir waren einander auf eine Art und Weise zugetan, die ich mit meiner Ehefrau niemals erleben werde. Mehr als einmal wollte ich mich scheiden lassen. Aber Susi? Sie hat mir unmissverständlich klargemacht, dass sie mich dann verlassen würde. Ich sollte meine Arbeit, die ich sehr liebe, niemals aufgeben wegen einer Affäre.“

Er betonte dieses letzte Wort auf eine Art und Weise, die Beanstock erschütterte.

„Es war keine Affäre für mich, Mr Beanstock. Ich habe sie aufrichtig und tief geliebt und hätte alles für sie aufgegeben.“

Beanstock ließ eine kurze Minute verstreichen.

„Wusste Ihre Frau davon, Sir Thomas?“

Sein Gegenüber schüttelte den Kopf.

„Sind Sie sicher? Manchmal, wenn es den Interessen zugutekommt, arrangiert sich eine Ehefrau vielleicht mit bestimmten Dingen.“

„Nein, ich bin mir sicher. Noch nicht einmal ihr Hörrohr hier im Haus hat etwas geahnt. Wir waren mehr als diskret und haben uns nur außerhalb des Hauses getroffen.“

„Wen meinen Sie mit dem Hörrohr hier im Haus, Sir?“, fragte nun Beanstock, neugierig geworden. Für ihn wären derlei Vorkommnisse innerhalb des Haushalts auf keinen Fall akzeptabel gewesen. Er war sich sicher, dass es ohne sein Wissen niemals irgendwelche dunklen Machenschaften, wie das Auskundschaften der Herrschaft, unter seiner Leitung geben würde.

Sir Thomas erhob sich schwerfällig. Er war, trotz des Alters und der aufreibenden Tätigkeit im Oberhaus, ein sehr attraktiver Mann. Sein schmales Gesicht wurde von lockigen hellbraunen Haaren umrahmt, in denen schon ab und zu eine graue Strähne hervorlugte. In seinen tiefblauen Augen sah Beanstock den Schmerz aufblitzen, den ihm der Tod der jungen Frau bereitet hatte.

Der Hausherr ging zu einer Anrichte, auf der verschiedene Karaffen mit goldgelbem und bräunlichem Inhalt standen.

Mr Beanstock erhob sich ebenfalls und war etwas schneller als Sir Thomas. Er war immer noch Butler. Er griff nach einem Kristallglas.

„Ich darf Ihnen doch einschenken, Sir?"

Sir Thomas lächelte leicht und nickte in Richtung einer schimmernden Karaffe. Dann setzte er sich und der Butler kredenzte ihm auf einem kleinen Tisch neben seinem Sessel das gefüllte Glas.

„Danke, Mr Beanstock, nun Sie sind wahrscheinlich ein guter Butler, aber unser Mr Brooks ist etwas Anderes. Oh, er erledigt seine Aufgaben sehr gewissenhaft, das will ich gern zugeben. Aber er kam damals mit meiner Frau in dieses Haus. Und ich weiß genau, dass er ihr Informationen zuträgt. Deshalb haben wir, Susi und ich, uns niemals hier im Haus unterhalten oder heimlich getroffen."

Beanstock stand am Kamin und überlegte.

„Wer hat Miss Dashwood gefunden, ich hörte, es war der Butler, Mr Brooks?"

„Richtig, er rief mich sofort. Sie lag in ihrem Zimmer auf dem Bett. Was der Butler dort zu suchen hatte, kann ich nicht sagen."

„Er gab bei der Polizei zu Protokoll, dass Miss Dashwood an jenem Morgen nicht erschienen und ihren morgendlichen Aufgaben nicht nachgekommen war. So ging er zu ihrem Zimmer, und da sie nicht auf das Klopfen reagierte, ging er hinein. Ich nehme an, dort nahmen Sie die Brosche an sich.

War irgendetwas an diesem Tag ungewöhnlich?"

Sir Thomas schüttelte den Kopf.

„Vielleicht sollten wir Brooks danach fragen."

Er stand auf und zog an einer langen Klingel an der Wand.

Beanstock sah das Gänseblümchen auf dem Tisch und steckte es schnell in seine Westentasche. Brooks musste sie nicht sehen.

Fast augenblicklich erschien der Butler in der Tür mit seinem altbekannten säuerlichen Gesicht. Beanstock war sich fast sicher, dass er versucht hatte zu lauschen, aber er wusste auch, dass es bei diesen massiven Türen kaum gelungen sein konnte.

„Mr Brooks, erinnern Sie sich an etwas Ungewöhnliches an dem Todestag von Miss Dashwood?", fragte Beanstock.

Brooks überlegte kurz und schüttelte den Kopf.

„Abgesehen von meinem Tadel über diesen Brief, gab es nichts an dem Tag, was anders gewesen wäre."

Beanstock stutzte.

„Ein Brief? Können Sie ihn beschreiben?"

Brooks Gesicht wurde noch etwas länger.

„Es war ein großer grauer Umschlag, es stand nur der Name, Susan Dashwood, darauf, und er lag zu meinem großen Ärgernis einfach auf dem Trottoir vor der Tür. Ich machte das Dienstmädchen auf diese Unverschämtheit aufmerksam, und dass ich so etwas nicht dulde. Wie ich weiß, hat sie den Brief erst am Abend gelesen. Danach habe ich ihn nicht mehr gesehen."

Beanstock hatte genug erfahren und verabschiedete sich

von Sir Thomas mit einer Verbeugung. Dann streckte er ihm seine Hand entgegen, die dieser gern ergriff. Mit einem wissenden Gesicht und einem Lächeln honorierte Sir Thomas, dass Beanstock ihm dabei die kleine Brosche zurück in die Hand drückte, ohne dass es Brooks bemerkte.

„Es war mir ein Vergnügen Mr Beanstock, bitte grüßen Sie Sir Percival und Lady Fedora und wenn ich das sagen darf, Ihre Herrschaft hat großes Glück mit ihrem Butler."

Das brachte eine Zornesfalte auf das Gesicht von Brooks.

Er brachte Beanstock zur Tür und schloss sie hinter dem Butler ohne ein Wort des Abschieds.

Vor dem Eingang ging Gonzales auf und ab.

„Na, bei diesem Señor haben Sie wohl einen bleibenden Eindruck hinterlassen. Der konnte Sie gar nicht schnell genug rauswerfen."

Beanstock stieg in den Bentley, zog sein schwarzes Buch hervor und notierte seine Eindrücke, ohne auf das Verhältnis des Hausherrn zu dem Dienstmädchen einzugehen. Das hielt er in diesem Fall für angebracht. Diese Tatsache wurde in seinem Gedächtnispalast abgelegt.

„Wohin Mr Beanstock?"

„In die Baker Street, Señor Gonzales."

# Ein Geheimnis in der Baker Street

Als die beiden Herren das schmale Haus in der Baker Street erreichten, sahen sie bereits aus einiger Entfernung, dass Mrs Parish vor der Tür auf und ab ging. Sie hatte ein dickes Wolltuch um die Schultern gelegt und schien etwas zu erwarten. Manchmal hustete sie leise in ihre behandschuhte Hand.

Gonzales hielt an, und die beiden Herren stiegen aus, nicht ohne das süße Päckchen vom Rücksitz zu holen.

„Oh, die Herren sind zurück, wie schön. Ich werde sofort Teewasser aufsetzen. Wenn Sie sich etwas gedulden würden?", säuselte Mrs Parish.

„Gibt es ein Problem, bei dem wir behilflich sein könnten?", fragte nun Beanstock die aufgeregte Dame.

„Ach, dieses Kind, es hätte bereits aus der Schule zurück sein müssen. Ich mache mir Sorgen. Gehen Sie doch schon hinein, meine Herren."

„Ich bin mir sicher, Lucinda ist nichts geschehen. Wahrscheinlich hat sie nur über den Spielen mit ihren Schulkameraden die Zeit vergessen. Kommen Sie mit uns hinein und trinken Sie eine Tasse Tee. Es ist viel zu kalt hier draußen."

Damit schob Beanstock die frierende Mrs Parish in Richtung Haustür. Diese flog nun auf und die vermisste Lucinda stand im Türrahmen. Im rechten Arm hielt sie ihren Kater und mit der linken Hand umklammerte sie ein Schulbuch.

„Oma? Was machst du denn bei der Kälte hier draußen?"

Mrs Parish riss die Augen weit auf und war sprachlos.

„Wo kommst du denn her, junge Dame?", rief sie laut aus.

„Ich war doch in meinem Zimmer und habe Hausaufgaben gemacht. Ich bin schon eine ganze Weile dort. Hast du mich denn nicht nachhause kommen hören?"

Mrs Parish fand keine Worte und sah nur erschüttert von dem Kind zu den beiden lächelnden Herren.

So schnell sie konnte, ging sie ins Haus und in die Küche. Man hörte Geschirr klappern und Wasser laufen.

Beanstock und Gonzales hängten ihre Mäntel an die Haken im Flur und folgten Lucinda in den Salon.

Nachdem sie sich gesetzt hatten, winkte Beanstock das Kind zu sich heran. In der Hand hatte er die Tüte mit den Süßigkeiten, aus der es köstlich duftete. Arthie verrenkte sich bereits seinen Katzenkopf danach. Das Kind warf begehrliche Blicke zu der geheimnisvollen Tüte.

Beanstock macht es sehr spannend.

„Luc, bevor ich dir diese wunderbaren Köstlichkeiten überreichen kann, musst du uns erklären, wie du das gemacht hast. Du weißt doch wohl, dass ich keinen Moment geglaubt habe, dass du bereits lange Zeit im Haus gewesen bist, oder?"

Lucinda sah ihn erwartungsvoll an. Ihre kleine rosa Zunge leckte begehrlich über die Lippen, als könne sie die Süßigkeiten bereits schmecken.

„Woher wollen Sie das wissen?", fragte die Kleine lauernd.

„Nun, du hattest zwar keinen Mantel mehr an und auch

keine Stiefel, aber im Haus trägst du nie einen Schal und in deinen Haaren klebt noch Schnee. Außerdem hast du dieses Buch in der Hand, das mir sagt, du musstest dich schnell entscheiden und hast danebengegriffen."

Luc sah sich das Buch in ihrer Hand genauer an.

„Verdammt", sie kniff die Lippen zusammen, „ich muss mich besser vorbereiten."

Dann versuchte sie den Buchtitel zu entziffern. „Klinische Psy…Psych…Psycho…", versuchte sie es stotternd, "das muss noch von meinem Vater sein. Er war sowas wie ein Psych … Sie wissen schon."

„Klinische Psychologie und Psychotherapie", las Beanstock langsam vor.

„Haben wir eine Vereinbarung?", fragte er dann.

Sie überlegte nur kurz.

Dann sah sie sich zur Salontür um. Als sie ihre Tante noch in der Küche hören konnte, beugte sie sich leicht zu den beiden Herren vor.

„An unseren kleinen Garten grenzt das Haus von Jimmy, da gibt es einen Durchschlupf im Zaun. Oma weiß nichts davon. Nur Jimmy und ich benutzen ihn und natürlich Arthie, durch ihn haben wir ihn erst entdeckt", flüsterte sie.

Beanstock flüsterte ebenfalls.

„Wer ist Jimmy?"

„Mein bester bester Freund aus der Schule."

In diesem Moment öffnete sich die Tür und Mrs Parish erschien mit einem Tablett. Den letzten Satz hatte sie gehört.

„O ja, Jimmy ist ein netter kleiner Kerl. Er kommt ab und zu und die beiden machen Hausaufgaben zusammen", plauderte Lucindas Oma und stellte dabei Tassen und eine Schale mit Scones auf den Tisch.

Beanstock überreichte dem Mädchen die Tüte, die sie sich verdient hatte. Lucinda griff danach und tat etwas Unerwartetes. Sie sprang auf die beiden Herren zu und umarmte erst Gonzales, der lächelte und dann Beanstock, der sich räusperte.

Mit einem lauten „Danke, danke, danke!", sprang das Kind aus dem Zimmer.

Mrs Parish schüttelte den Kopf.

„Sie sollten das Kind nicht so verwöhnen."

„Lassen Sie uns den Spaß, es ist uns eine Freude", versetzte der Butler.

„Ich werde nach dem Tee noch einmal das Haus verlassen. Señor Gonzales, Sie können hierbleiben und haben den Rest des Tages zu Ihrer Verfügung. Ich muss noch einmal in das *Langham* Hotel. Ich habe das Gefühl, dass ich dort einige Antworten finden kann."

„Werden Sie zum Abendessen zurück sein, es ist schon sehr spät?", fragte die Hausherrin.

„Warten Sie nicht auf mich. Ich werde unterwegs essen."

Beanstock telefonierte in der Diele. Dann griff er seinen Mantel und verließ das Haus.

Das *Langham* Hotel lag wie immer still und dunkel im Schein der Laternen. Nichts deutete darauf hin, dass Leben in das traditionsreiche Haus zurückgekehrt wäre, kein Willkommen am Eingang durch einen Portier in blitzblanker Uniform, kein Page, der die Koffer schleppte und niemand an der Rezeption, der höflich nach dem Namen fragte und dem Kofferpagen einen goldglänzenden Schlüssel überreichte. Das Hotel war noch immer in tiefem Dornröschenschlaf und sein Schicksal lag in fremden Händen.

Beanstock ging an dem Eingangsportal vorbei zum Hintereingang.

Mr Black erwartete ihn bereits. Heute trug er nicht dieses violette Seidenhemd unter seinem Anzug. Nun leuchtete der rundliche Mr Black schon von weitem in einem grellen Grünton. Die Tür hinter dem kleinen Mann öffnete sich, und der Hausmeister Edgar Clemm erschien in Mantel und Hut.

„Endlich Feierabend", murmelte er mit einem Seufzer, „viel zu tun heute gewesen, die Heizung im Keller ist schon etwas in die Jahre gekommen, ich bitte sie jeden Morgen, noch ein bisschen durchzuhalten, muss bald erneuert werden, sonst sitzen Sie im Kalten da oben im Turm. Zeit für ein kühles Bier."

Er tippte an seinen Hut und wünschte den Herren höflich einen schönen Abend.

Mr Black steckte ihm noch ein paar Münzen zu.

„Trinken Sie ein Bier für uns mit, Edgar, und einen schönen Abend."

Der Hausmeister lächelte und ging, ein Lied summend, davon. Der Butler sah ihm nachdenklich nach.

Schweigend durchquerten die beiden Herren die langen schummrigen Gänge des *Langham* Hotels, und nachdem der Fahrstuhl die oberste Turmetage erreicht hatte, waren sie wieder einmal im Heiligtum der *Daisy Chain* Verbindung angekommen.

Eine ältere Dame erwartete sie und nahm den Mantel des

Butlers entgegen.

Im Kamin brannte ein wärmendes Feuer und auf dem kleinen Tisch stand bereits ein Tablett mit einer Teekanne und Tassen bereit.

„Bitte, nehmen Sie doch Platz und berichten Sie von Ihren Erkenntnissen", forderte Mr Black den Butler auf. „Darf ich Ihnen vorher noch meine Sekretärin Mrs Pruster vorstellen, die gute Seele meines chaotischen Büros, wenn ich das anmerken darf."

Mrs Pruster krümmte sich kichernd und bekam rosa Flecken auf den Wangen. Sie verschränkte die Hände und begann sie wie einen Hefeteig zu kneten. Mrs Pruster war eine dürre Dame in den Sechzigern und überragte Mr Black um etliche Zentimeter. Sie hatte volles graues Haar, das sie zu einem verschlungenen Gebilde hochgesteckt trug. An ihrem grauen Kostüm befand sich als einziges Schmuckstück die Gänseblümchenbrosche. Sie setzten sich und Mrs Pruster nahm die Teekanne und begann Tee einzugießen.

„Wie nehmen sie ihn Mr Beanstock? Milch, Zucker oder alles ohne?"

„Nur ein halber Löffel Zucker und zwei Löffel Milch bitte Mrs Pruster, danke", versetzte der Butler.

„Oh, sagen sie doch bitte Prissy, das bin ich gewohnt seit langer Zeit." Wieder musste sie kichern.

Jeder hatte seine Tasse, und es entstand kurzzeitig eine seltsame Stille im Raum, die nur von dem Schlürfen Mr Blacks unterbrochen wurde.

Beanstock berichtete von seinen Erkenntnissen und vom Selbstmord des Gärtners, den Mr Black mit einem traurigen

Kopfschütteln registrierte. Dann wandte er seine Aufmerksamkeit Prissy zu.

„Was können Sie mir über den Einbruch erzählen. Haben Sie herausgefunden, was fehlen könnte?"

Prissy stellte ihre Tasse ab, und man merkte, wie unangenehm ihr die ganze Geschichte war.

„Ich konnte mir einen groben Überblick verschaffen, obwohl ich nicht verstehe, was jemand mit diesen uralten Dingen anfangen will. Es fehlen mehrere Akten. Als ich vor Jahren meine Arbeit bei dem alten Mr Black aufnahm, versuchte ich Ordnung in das Chaos zu bringen."

Ein entschuldigender Blick traf ihren Arbeitgeber.

„Ich habe begonnen, die einzelnen Akten in eine zeitliche Reihenfolge zu bringen und gleichzeitig habe ich eine Liste erstellt über den jeweiligen Vorgang und den Standort hier im Lager. Durch den Einbruch wurde alles durcheinandergeworfen. Die Liste hilft mir nun zum Glück. Es ist mir gelungen, einige Dinge herauszufinden. Es fehlen auf jeden Fall mehrere Akten. Man könnte sogar sagen, aus den Jahren 1920 bis 1940 fehlen sämtliche Schriftstücke. Aber ich habe noch nicht alles durchsehen können. Ich begreife nur den Sinn nicht. Wer könnte mit diesen alten Dingen etwas anfangen? Das ist doch alles schon so lange vorbei?"

Beanstock überlegte.

„Zeigen Sie mir bitte diese Liste. Vielleicht erkennen wir gemeinsam etwas wieder."

Prissy erhob sich und nahm vom Schreibtisch einen Stapel Papiere. „Ich habe die fehlenden Akten mit einem Kreuz gekennzeichnet."

115

Beanstock fuhr mit dem Zeigefinger konzentriert über die sauber geschriebenen Tabellen. Er blieb an einer mit einem Kreuz gekennzeichneten Zeile hängen.

„Hier ist eine Akte aus dem Jahre 1935. Der Name neben der Regalnummer lautet John Stilton, Gärtner seit 1920 bei der Contessa de Fronti und ihrem Ehemann dem Conte de Fronti."

Beanstocks Finger verfolgte die Reihen mit den ordentlich eingetragenen Daten weiter.

„Hier", verkündete er, „aus dem Jahre 1940, Dienstmädchen Susan Dashwood, angestellt bei dem Abgeordneten Thomas Cuthbert Tirell. Haben Sie irgendeine Ahnung, welche Vorkommnisse in den Akten verzeichnet wurden? Wenn wir mehr darüber wissen, erkennen wir auch mehr über die Selbstmordmotive und kommen eventuell so auf die Spur des Täters."

„Wie gesagt, ich bin noch nicht fertig mit der Suche", verkündete Prissy, „und über die hinterlegten Akten wissen wir nicht sehr viel. Nur wenn die jeweilige Akte gebraucht wird, sieht Mr Black genau nach, um dann helfen zu können, verstehen Sie?"

Beanstock blätterte weiter in den Listen. Er fand mehrere Kreuze, aber konnte keinen Zusammenhang zu den Selbstmordfällen herstellen.

„Können Sie die bereits mit einem Kreuz markierten Akten, angestellten Dienstboten hier in London zuordnen, Mrs Prissy?" Dabei reichte der Butler ihr mehrere Blätter.

„Nur Prissy, Mr Beanstock." Die Sekretärin sah sich die Listen genau an.

„Ich würde sagen, hier sind einige Schriftstücke nicht mehr relevant, da die Damen oder Herren entweder bereits gestorben sind oder verzogen. Zum Beispiel hier, Mr Summerfield, Hausdiener hier in London. Ich weiß genau, dass er im letzten Jahr nach Wales gezogen ist zu seiner Tochter. Warum fragen Sie?"

„Ich denke der Dieb hatte sich auf aktuelle Fälle hier in London konzentriert. Er oder sie wird bei diesem Muster bleiben. Jeder potenzielle Serienmörder arbeitet nach einem Muster, das man irgendwann erkennen kann."

Mr Black und seine Sekretärin sahen sich bestürzt an.

„Was reden Sie denn da von einem Serienmörder. Beanstock, das ist doch nicht ihr Ernst, oder?", ereiferte sich Mr Black.

„Es ist leider mein Ernst, sehen Sie sich einmal die Liste der Toten an. Ich bin sicher, dass das Ende noch nicht erreicht ist. Wenn wir weiter überlegen, kommen wir unweigerlich zu der Frage, wie kam der Dieb in dieses Büro? Mr Black, sie sagten, es gäbe nur Ihren Schlüssel für den Fahrstuhl, ist das richtig?"

Mr Black nickte. „Und beide Schlüssel sind noch vorhanden."

Beanstock stutzte kurz.

„Wie kam der Dieb hier herauf? Es gibt sicher noch mehr Schlüssel für diesen Fahrstuhl. Was ist mit den früheren Angestellten des Hotels? Haben bei der Schließung damals wirklich alle ihre Schlüssel abgegeben?"

„Aber das ist nicht möglich, Beanstock", konterte Mr Black, „für diese Etage hier oben gibt es nur diesen einen

Schlüssel. Die anderen können nicht bis hier herauffahren. Das wurde von einem der frühen Blacks so bestimmt und auch im Fahrstuhl installiert."

Beanstock sah den kleinen Mann zweifelnd an.

„Aber Sie sprachen soeben von zwei Schlüsseln?"

„Ja, natürlich, ich dachte, als ich Prissy einstellte, es sei besser, wenn sie auch allein hier heraufkommen könnte. Es war nicht schwer, einen Schlüssel nachmachen zu lassen."

Als er die Sachlage erklärt hatte, wurde ihm urplötzlich klar, dass er selbst vielleicht die Schuld an dem Einbruch trug. Er machte große Augen und sah die beiden auf dem Sofa entsetzt an.

„Oh mein Gott, ich bin schuld an dieser Misere. Ich habe den Schlüssel aus der Hand gegeben. Wo habe ich ihn denn damals nacharbeiten lassen? Oh, mein Gedächtnis spielt verrückt. Ich erinnere mich nicht. Ich bin letztendlich vielleicht auch noch an …" Er konnte nicht weitersprechen und Schweißperlen bildeten sich auf seiner Stirn.

Prissy setzte sich zu ihm und begann seine Hand beruhigend zu streicheln.

Beanstock erhob sich und ging zu einem der großen Fenster. Der Blick über das abendliche London war atemberaubend.

„Sie dürfen sich nicht die Schuld geben, Sir. Der Dieb hätte auch auf andere Weise seinen Plan durchgeführt. Vielleicht hätte er sogar Sie oder Mrs Pruster tätlich angegriffen, um an den Schlüssel zu kommen. Ich glaube, dass wir es mit einem Insider zu tun haben. Er oder sie weiß sehr viel über unsere Verbindung und über Sie, Mr Black. Mrs Prissy, ich möchte Sie bitten, sich auf die aktuellen Akten hier in London zu konzentrieren. Wir müssen erfahren, wer sich weiterhin in Gefahr befinden könnte."

Nachdem Beanstock das Büro hoch über London verlassen hatte, spazierte er langsam und in Gedanken versunken zurück in die Baker Street. Er hatte einen verunsicherten traurigen Mr Black zurückgelassen.

Prissy würde sich um ihn kümmern, er war nicht allein.

Das beruhigte den Butler. Während sie sich verabschiedet hatten, wies der kleine Mann Beanstock noch darauf hin, dass er immer noch keinen Termin bei den Shamways erhalten habe. Der Arbeitgeber Hortensia Peachwoods, der Nanny, vertröstete ihn immer wieder mit dem Hinweis auf dringende Geschäfte.

Prissy und Mr Black würden sich in den nächsten Tagen weiterhin mit Hochdruck um die verschwundenen Akten kümmern, um die Liste zu vervollständigen.

Beanstock war sich sicher, dass es noch nicht das Ende der Selbstmordserie sein würde. Gedankenverloren blieb er stehen und sah sich vor der Tür zum *The smoking Snooper* angekommen. Der Pub war noch erleuchtet. Die letzte Runde war noch nicht vom Wirt angezeigt worden.

Beanstock betrat den schummrigen gemütlichen Gastraum und setzte sich erneut an den runden Tisch in der Ecke. Wie von Zauberhand erschien ein kühles Stout auf dem Tisch und er blickte in die grün schimmernden fröhlichen Augen Fennies.

„Lassen Sie's sich schmecken. Ihr Tag war wohl wieder

119

nicht der Beste, oder?"

Beanstock dankte ihr und schüttelte dabei den Kopf. Trotzdem fühlte er sich etwas besser. Er hob das Glas, prostete dem Mädchen zu und nahm einen großen Schluck von dem Bier.

„Wie wäre es mit einem Sandwich?", fragte Fennie.

Beanstock schüttelte den Kopf. Big Jim beobachtete die beiden genau und eine dicke Falte stand auf seiner Stirn.

Das dünne Haus in der Baker Street 116b lag still und wartend im kalten Mondschein. Beanstock nahm den Schlüssel aus der Tasche seines warmen Mantels und steckte ihn leise in das Schloss.

In einiger Entfernung hörte er Schritte.

Eine leise gepfiffene Melodie klang durch die Winternacht. Wie auf einen unsichtbaren Befehl fielen plötzlich weiße Flocken vom Himmel und bildeten kleine Flecken auf Beanstocks Mantel. Er sah sich um und versuchte die Richtung der Melodie zu erraten. Aber es gelang ihm nicht.

Was hatte der Constable zu Inspector Morris gesagt? *It´s only a Papermoon?* Der Constable hatte es bereits zweimal an Tatorten gehört, eine leise gepfiffene Melodie. Und genau dieses Lied hörte nun Beanstock.

Beanstock konnte sich keinen Reim darauf machen.

„Noch nicht", murmelte er leise, „doch jeder Mörder macht irgendwann einen Fehler. Auch du bist kein Superhirn und wirst Fehler machen. Ich werde dich kriegen. Du wirst bezahlen müssen für deine Taten."

Da war die Melodie schon verklungen, und die Baker

Street lag wieder ruhig und still im Schein der Straßenlaternen. War er dem Mörder bereits zu nah gekommen? Fühlte er sich bedroht? Vielleicht machte er dann den einen Fehler, auf den Beanstock wartete.

Beanstock betrat leise das Haus und drehte den Schlüssel innen sorgfältig einmal mehr herum.

Er drückte noch die Klinke, um sich zu vergewissern, dass die Tür wirklich geschlossen war.

Dann ging er in sein Zimmer, hängte seinen Anzug sorgfältig auf einen Bügel, wusch sich das Gesicht, legte sich auf das Bett, und fiel sofort in einen unruhigen Schlaf.

# Meine liebe gute Nanny Hortens

Der nächste Morgen brachte deutlich angenehmeres Wetter und ein köstliches Frühstück für die beiden Herren aus Parsley Field.

Beanstock brütete still in Gedanken verloren vor sich hin, während Gonzales fröhlich in das nächste saftige Rosinenbrötchen biss. Diesen Mann brachte scheinbar nichts aus der Ruhe. Ein fröhliches Gemüt durch und durch, mit südländischem Charme verbunden, eine explosive Mischung. Beanstock betrachtete Gonzales fasziniert aus dem Blickwinkel seiner manchmal allzu steifen Erziehung.

Mrs Parish erschien in der Tür zum Salon mit einer frisch aufgebrühten Kanne Tee, aus der es verführerisch duftete. Kopfschüttelnd füllte sie die leeren Teetassen.

„Mr Beanstock, Sie müssen etwas essen. Sicher haben Sie gestern auch nichts zu sich genommen und nun sitzen Sie bereits seit einer halben Stunde vor Ihrem Teller und starren das Blümchendekor darauf an. So geht das doch nicht. Nehmen Sie sich ein Beispiel an Ihrem Freund, der hat mal Appetit, nicht wahr, Señor Gonzales?"

Der Angesprochene nickte nur kauend und türmte sich erneut rote süße Marmelade auf sein Scone.

Beanstock blickte auf und lächelte zum ersten Mal an diesem Morgen.

„Schon besser, und nun essen Sie etwas, sonst lasse ich Sie heute nicht weg!"

Damit griff sie zu der kleinen silbrigen Zange und legte dem Butler ein Rosinenstückchen auf den Teller.

„Und falls Sie fragen, nein, es gibt leider kein Porridge, die Milch war heute Morgen sauer, ich warte auf den Milchmann."

Mit einem zufriedenen Nicken verließ die Dame des Hauses das Zimmer.

Beanstock hörte sie in der Küche husten. Es war ihm bereits öfter aufgefallen, dass Mrs Parish diesen trockenen unangenehmen Husten hatte. Vielleicht sollte er ihr raten, einen Arzt aufzusuchen. Durch diesen furchtbaren Smog waren vor einiger Zeit in London bereits Opfer zu beklagen gewesen.

Beanstock betrachtete das kleine Rosinenstück abschätzig. Für ihn, der sein morgendliches Ritual brauchte, um in den Tag zu starten - ein Tee, ein halber Teelöffel Zucker, zwei Teelöffel Milch, ein kleiner Teller Porridge mit einem Teelöffel Zucker und vielleicht, wenn er gutgelaunt schien, ein klein geschnittener Apfel - war dieser unschuldige Teigbrocken ein Angriff auf sein ansonsten gelassenes Naturell. Und ihm fehlte die morgendliche Musik.

Gonzales betrachtete ihn kopfschüttelnd. Nachdem Gonzales endlich fertiggekaut hatte, sah er den Butler erwartungsvoll an.

„Was tun wir heute Señor?"

„Wir werden am Vormittag in den Stadtteil Belgravia zur Familie Shamway fahren. Ich habe zwar dort keinen Termin bekommen, aber ich will endlich etwas über die letzten Stunden meiner alten Freundin erfahren. Ich werde versuchen, mit der ältesten Tochter, Mrs Marlen Winestein, zu sprechen. Im Polizeibericht wurde erwähnt, dass Hortensia ihr Kindermädchen gewesen war, und sie ein besonders inniges Verhältnis zu der alten Dame hatte.

Am Nachmittag spreche ich dann mit der Hausdame Mrs Potts aus dem Haus des Lord of Pearpie. Hier geht es um den Butler Bensonman, das erste Opfer. Wir treffen sie um sechzehn Uhr im Pub *Wild Dressman* in dem Vorort Richmond upon Thamse. Somit haben Sie heute nicht sehr viel Freizeit Gonzales."

„Essen Sie Ihr Scone noch?", war seine Antwort und nachdem der Butler bedauernd den Kopf schüttelte, griff Gonzales schnell danach, häufte sich einen Berg Marmelade darauf und biss genüsslich hinein.

Der Butler seufzte und griff nach einem Apfel auf der Anrichte des Salons, legte ihn aber schnell wieder zurück, als er bemerkte, dass dieser aus Wachs war. Er seufzte erneut.

Um zehn Uhr machten sich die beiden auf den Weg in den Stadtteil Belgravia. Durch die Nähe zum Buckingham Palace war dieser Stadtteil zu einer der wohlhabendsten Gegenden in London geworden. Hier wohnten das neue Geld und der alte Adel. In der letzten Zeit hatten sich auch einige Konsulate und diplomatische Vertretungen anderer Länder repräsentativ eingemietet.

Nachdem der Bentley den Hyde Park hinter sich gelassen hatte, war es ein kurzer Weg zum Eaton Place Nummer 5.

Das Haus leuchtete, wie die Nachbarhäuser auch, in einem blendenden Weiß.

Vor jedem Eingang erhoben sich zwei Säulen und mehrere Stufen führten zur Eingangstür.

Gonzales parkte den Wagen und stellte den Motor ab. Beanstock machte nicht den Eindruck aussteigen zu wollen. Der Chauffeur trommelte mit den Fingern so lange auf dem Lenkrad einen Flamenco bis er die Aufmerksamkeit des Butlers hatte.

„Worauf warten Sie denn, Señor?"

„Nun, ich bin es natürlich nicht gewohnt, an der Vordertür einfach ohne Voranmeldung zu klingeln und nach der Hausherrin zu fragen. Ich überlege mir noch eine Strategie."

Der Chauffeur nickte, stieg aus dem Wagen, ging die paar Stufen hoch zur Tür, nahm seine Chauffeursmütze unter den Arm und klopfte.

Beanstock erstarrte.

Die Tür öffnete sich schnell und ein Dienstmädchen erschien. Beanstock stieg aus dem Wagen und trat näher zur Tür, um zu hören, was Gonzales sagen würde.

„Mr Beanstock von Parsley Manor in Parsleyfield wünscht Mrs Marlen Winestein zu sprechen. Es handelt sich um eine persönliche Angelegenheit und betrifft die ehemalige Nanny der Dame, Hortensia Peachwood. Wenn Sie ihn bitte melden würden." Dabei zwinkerte er dem hübschen Mädchen lächelnd zu. Beanstock wurde heiß im Nacken. Das Mädchen kicherte und hielt die Tür auf, um die Herren hereinzulassen.

Gonzales drehte sich leicht zu Beanstock und machte ein überlegenes Gesicht.

„Gern geschehen, Señor."

125

„Sie warten im Wagen, Gonzales!"

Das bedauernde Gesicht des Dienstmädchens sah zum Glück nur Gonzales.

„Bitte warten Sie hier in der Halle einen Moment. Ich werde Mrs Winestein fragen, ob sie Zeit für Sie hat."

Das Mädchen knickste und ging über die breite Marmortreppe nach oben. Mit dem Blick eines diensterfahrenen Butlers taxierte Beanstock in der Zwischenzeit die gediegene Einrichtung. Er stufte sie als sehr teuer, ausgefallen und schwer zu reinigen ein. Alles hatte den Anschein, als wolle jemand so viele Antiquitäten wie möglich bereits in der Empfangshalle dem geneigten Besucher präsentieren.

Beanstock wusste von Inspector Morris, dass der Hausherr, Mr Gordon Shamway, als Auktionator bei Christies arbeitete. Allerdings hatte Beanstock nicht erwartet, dass dieser Beruf anscheinend auch sehr einträglich war.

Er betrachtete mit prüfendem Blick sein Spiegelbild in dem mit üppigem Gold versehenen riesigen Barockspiegel.

Da unter dem Spiegel ein wuchtiger Tisch stand, der mit Vasen und Skulpturen aller Zeitalter vollgestellt war, musste er sich dabei verbiegen und hätte beinahe eine kleine Vase umgestoßen. Natürlich erschien genau in diesem Moment das Dienstmädchen. Sie knickste grinsend.

„Mrs Winestein erwartet Sie in ihrem Salon."

Sie wies Beanstock an, ihr die Treppe hinauf zu folgen.

In der ersten Etage schien es dem Butler, als wäre er in einem anderen Haus. Alles war sehr geschmackvoll und modern eingerichtet. Das Dienstmädchen brachte ihn zu einer Tür zur Rechten und klopfte leise. Aus dem Inneren ertönte ein leises „Herein".

Nachdem Beanstock den Salon betreten hatte, stand eine junge Frau vor ihm.

„Mr Beanstock, Sie kommen aus Parsley Field? Wie schön, dass ich Sie einmal persönlich kennenlerne. Warum haben Sie sich nicht schon früher gemeldet? Ich habe schon so viel Gutes von Ihnen gehört. Ich habe das Gefühl, wir kennen uns seit langem." Dabei deutete sie auf eine bequeme Sesselgruppe vor den Fenstern und setzte sich dann selbst.

Sie war eine Schönheit mit langen lockigen schwarzen Haaren und einem Lächeln, dem man nicht widerstehen konnte. Als einziger Schmuck blitzte eine silbrige Spange aus ihrer Haarflut. Aber Beanstock bemerkte auch den traurigen Unterton in ihrer Stimme und die dunklen Augenringe, die von durchwachten Nächten herrühren könnten.

„Sie wollen sicher mit mir über die liebe Miss Peachwood, Hortensia, sprechen."

Beanstock neigte zustimmend den Kopf.

„Ich hatte ein ganz besonders inniges Verhältnis zu meiner Nanny. Ich kann mich an keinen Moment meiner Kindheit zurückerinnern, an dem sie nicht für mich da war. Ich habe sie geliebt, Mr Beanstock, wie man seine Mutter liebt. Meine Eltern, wie soll ich es ausdrücken, sind schwierig." Sie hielt inne und blickte auf ihre Hände hinab, als ob sie sich schämen müsste.

„Können Sie mir etwas über die letzten Stunden Hortensias erzählen? Ich weiß, dass Sie die Letzte waren, die sie gesehen hat. Entschuldigen Sie, wenn es schmerzhaft für Sie sein sollte, darüber zu reden."

Die junge Frau hob abwehrend die Hand.

„Nein, das ist schon in Ordnung. Mit meinem Vater kann ich nicht darüber reden. Er war immer schon ein sehr zurückhaltender Mensch und sehr auf sich bezogen. Ich hatte sogar den Eindruck, er ist zufrieden, dass Nanny Hortens nun fort ist. So habe ich sie immer genannt." Ein Lächeln durchzog ihr blasses Gesicht.

„Bitte, erzählen Sie mir. Wie ging es Ihrer Nanny an diesem letzten Tag?", fragte Beanstock vorsichtig.

Mrs Winestein lehnte sich im Sessel zurück und ließ ihren Blick in die Ferne gleiten.

„Es war der Tag, bevor mein Baby zur Welt kam. Am frühen Morgen war die Post gekommen, und sie lag wie immer in der Halle auf dem Stuhl; auf diesem klobigen Tisch ist ja nie Platz." Sie verstummte kurz.

„Wie gesagt, die Post. Ich sah sie durch und entdeckte einen etwas größeren grauen Umschlag. Obenauf stand nur Nannys Name. Keine Marke, keine Adresse, kein Absender. Also machte ich mich auf den Weg nach oben. Ich hatte meinen Vater schon mehrmals darauf hingewiesen, dass es für Hortensia viel zu beschwerlich war, dort oben zu wohnen. Aber er meinte immer, so würde man sie zwingen, nicht so viel in der Gegend herumzurennen, und sie solle ja ihren Ruhestand genießen. Ich empfand es als ein sehr seltsames Argument.

Jedenfalls ging ich nach oben, klopfte und überreichte ihr den Umschlag. Es ging ihr sehr gut, obwohl ich das aufgeschlagene Fotoalbum sah und die Tränen in ihren Augen.

Immer, wenn sie sich damit beschäftigte, war sie furchtbar aufgewühlt. Vielleicht, weil sie an ihre vielen Kinder denken musste. Sie schimpfte halbherzig mit mir, ich solle besser auf mich achten und dann …"

Sie stockte und nahm aus der Tasche ihres Kleides ein Tuch, mit dem sie sich die Augen wischte.

„Bitte entschuldigen Sie, ich mache mir solche Vorwürfe. Hätte ich es kommen sehen müssen? Oder hätte ich es verhindern können?" Ängstlich sah sie Beanstock an.

„Mrs Winestein, ich denke, Sie hätten nichts tun können. Hortensia hatte eine Entscheidung getroffen. Aber, wenn es Ihnen nichts ausmacht, würde ich mir gern dieses Fotoalbum einmal ansehen, von dem Sie sprachen."

Sie stand sofort auf und ging zu einem Sekretär neben dem Kamin. Sie öffnete ihn und nahm sehr vorsichtig ein altes abgegriffenes Album heraus. Zärtlich strich sie mit der Hand darüber und ein kleines Lächeln kam auf ihr Gesicht zurück.

„Mein Vater konnte gar nicht schnell genug die obere Mansardenwohnung ausräumen lassen. Ich habe mir ein paar Erinnerungsstücke nehmen können. Er weiß nichts davon und dabei sollte es auch bleiben, Mr Beanstock. Ich habe sonst niemanden, außer vielleicht meinen Ehemann. Meine Mutter war nie für mich zu sprechen und andere Angehörige gibt es in unserer Familie nicht."

Sie überreichte ihm das kleine grüne Fotoalbum. In diesem Moment flog die Tür auf und ein älterer Herr erschien. Instinktiv steckte Beanstock das Album unter sein Jackett.

„Was zur Hölle geht hier vor, Marlen? Ich muss mich

doch sehr wundern. Du sprichst einfach so mit einem Fremden über unsere Angelegenheiten?"

Die Wut des Herrn war mit Händen zu greifen. Er war schlank und groß gewachsen. In seinem schmalen Gesicht und mit den dichten schwarzen Haaren konnte Beanstock zweifelsfrei die Verwandtschaft zu Mrs Winestein erkennen. Er kombinierte, dass er den wenig geliebten Hausherrn vor sich hatte.

Mr Shamways Stimme war laut, gebieterisch und erlaubte keine Widerworte.

„Ich hatte der Polizei mitgeteilt, dass ich und meine Familie nicht länger belästigt werden möchten."

„Dieser Herr kommt nicht von der Polizei, Vater, er war ein guter Freund von Nanny Hortens und wollte sich nach ihr …"

Ihr Vater unterbrach sie schonungslos.

„Was soll da noch zu sagen sein. Sie hat hier gelebt, sie ist hier gestorben und nun ist die Sache vorbei, ich bitte Sie nun zu gehen, Mr …"

„Beanstock, Sir, mein Name ist Mr Beanstock."

In diesem Moment kam ein weiterer Herr durch die Tür. Es wurde langsam voll in dem kleinen Salon, da auch noch das Dienstmädchen mit einem Teetablett erschien. Aber in diesem Fall, so sollte es Beanstock später in seinem Notizbuch aufschreiben, war es ein wahrer Glücksfall, nicht nur für ihn selbst, sondern vor allem für die arme Marlen Winestein. Der Herr war jünger, als der Hausherr. Er erfasste die komplizierte Situation sofort. Beanstock bemerkte natürlich den gut sitzenden nach Maß gefertigten Anzug, die gepflegte

Gestalt und die handgearbeiteten Schuhe, John Lobb, schätzte der Butler mit Kennerblick, dieser Maßschuhhersteller belieferte seit 1849 die vermögenden Herrschaften mit ausgezeichnetem Schuhwerk.

Der Herr, der sich als Mr Winestein vorstellte, trat neben seine Frau, die ihn nun ihrerseits glücklich anlächelte.

„Mr Shamway", sprach er nun seinen Schwiegervater an, „ist es denn noch immer nötig, meine Frau so zu behandeln? Ich hatte Sie bereits dahingehend angesprochen. Da es nicht gefruchtet zu haben scheint, habe ich einen Entschluss gefasst. Ich habe für uns ein Haus in Mayfair gekauft, und wir werden noch in dieser Woche umziehen. Ich werde meine Frau Ihrem Einfluss entziehen."

Mr Shamway wurde zornesrot.

„Wie kannst du es wagen, so mit mir zu sprechen und dann noch vor Fremden."

Dabei wies seine vor Wut zitternde Hand auf Beanstock, der sich sehr unwohl in seiner Haut fühlte, und auf das Dienstmädchen, die das wunderbar zu finden schien. Es würde Tage dauern, diesen ausgesprochen interessanten Streit im Dienstbotenbereich auszubreiten und ausgiebig zu diskutieren. Und sie wäre der Star dieses Dramas.

„Liebling, wir werden packen. Ich habe dir meinen Butler als Hilfe mitgebracht. Er wird sich um alle Belange kümmern und uns in das neue Haus begleiten."

Marlen Winestein, geborene Shamway, ihrem Vater hörig bis zur Selbstaufgabe, unterdrückt bis zu ihrer Heirat mit dem anwesenden Buster Simon Winestein, selbstgemachter Millionär auf dem Gebiet des Whiskyvertriebs bis in die weit entfernte USA, stand auf, umarmte ihren Mann und lächelte glücklich.

Das war dann doch zu viel für den Hausherrn. Er drehte sich um und verließ wutschnaubend den Salon. Mr Shamway neigte also zu extremen Wutausbrüchen und war auch sonst wohl ein seltsamer Mensch. Wie das in einem Auktionshaus, wie *Christies*, funktionierte, passte für Beanstock nicht zusammen. Er schluckte schwer an diesem Brocken.

Das war für seine Ehre als Butler eine Gefühlsexplosion, die er erst einmal verkraften musste.

Er verabschiedete sich.

„Wollen Sie nicht noch einen Tee mit uns trinken? Ich bin Ihnen sehr dankbar, Mr Beanstock, dass Sie heute hier waren. Irgendwie fällt mir nun alles viel leichter. Meiner lieben Nanny Hortens hätte es gefallen. Sie sagte immer, ich müsse dieses Haus verlassen, aber ich hatte Angst vor meinem Vater. Meine Mutter war da anders. Sie hat sich schon vor vielen Jahren von ihm getrennt."

Beanstock verneigte sich und versprach, das Album zurückzubringen. Dann konnte er endlich schnell dieses verrückt gewordene Haus verlassen. Als er wieder im Bentley saß, nahm er sein Taschentuch und strich sich über die schweißnasse Stirn.

„Maldito, Señor Beanstock, was haben die denn da drin mit Ihnen angestellt? Sie sehen fertig aus."

Beanstock seufzte.

„Gehen wir einen Tee trinken und etwas essen, ich kenne da einen guten Pub."

Gonzales blieb der Mund offenstehen. „Sie kennen einen

guten Pub? London ist nicht gut für Sie Señor, gar nicht gut." Er startete kopfschüttelnd den Wagen und fuhr zurück in Richtung Baker Street.

Vor dem *Smoking Snooper* parkte er den Wagen, und sie betraten den zu dieser Zeit noch fast leeren Pub.

Auch heute wuselte Fennie wieder fröhlich mit einem Tablett unter dem Arm herum. Sie wischte sofort den runden Tisch in der hinteren Ecke sauber, als sie Beanstock kommen sah. Ihre rote Lockenmähne wippte bei jeder Bewegung. Gonzales war fasziniert, was Big Jim eine tiefe Falte ins Gesicht zauberte.

Beanstock bestellte am Tresen zwei Tee und Lammstew. Fennie schickte ihn an den Tisch und meinte, sie würde das Gewünschte bringen. Gonzales verfolgte jeden Schritt des hübschen Mädchens, während sich Beanstock in die Betrachtung des Fotoalbums seiner alten Freundin vertiefte.

Als der duftende Eintopf mit frischen Scheiben Weißbrot auf dem Tisch stand, ging es Beanstock wieder etwas besser und er aß mit Appetit.

Er hatte das Album kurz durchgeblättert, aber noch nichts Außergewöhnliches entdeckt, abgesehen von einem alten Bild, auf dem er selbst und Hortensia abgelichtet waren. Er konnte sich an diesen warmen Sommertag erinnern. Sie hatten ihre Pflichten des Tages beendet und waren zusammen im Hydepark spazieren gegangen. Es war ein unbeschwerter Tag. Aber er konnte sich nicht mehr erinnern, wer dieses Foto gemacht hatte.

Nach dem Essen vertiefte sich der Butler erneut in das Fotoalbum, während sich Gonzales dem Tresen näherte, um noch einen Tee zu bestellen.

Big Jim war vor einigen Momenten im Hinterzimmer verschwunden, und Fennie stand allein hinter dem Tresen, mit dem Spülen von Gläsern beschäftigt.

Das war eine Gelegenheit, die sich Gonzales nicht entgehen lassen konnte. Und bald hörte Beanstock das helle Lachen von Fennie durch den Raum wehen.

Er blätterte weiter in dem Buch. So viele Kinder, so viele glückliche Gesichter, eine Nanny kam herum, dass stand mal fest. Er stockte. Dann blätterte er eine Seite zurück. Das Foto war schon etwas vergilbt am Rand und Wasserflecken verunstalteten die Seite. Aber laut der Namen unter dem Foto hatte er hier Gordon Shamway vor sich, einen dunkelhaarigen schlaksigen Jungen von vielleicht zwölf Jahren.

Wie Beanstock bemerkte, hatte der junge Shamway bereits damals diesen zornigen Blick, und betrachtete alles um sich herum mit Wut. Neben dem Namen Gordons stand ein weiterer Name, Susan Shamway.

Das musste das kleine Mädchen neben ihm sein. Ein niedliches lächelndes Kind, höchstens fünf Jahre alt, mit hellen Löckchen, einem hellen Kleidchen und fest im Arm einen Teddy mit einer Schleife um den Hals.

Beanstock sah verwirrt auf. Aber Mrs Winestein bemerkte ihm gegenüber eindeutig, sie hätte keine weitere Verwandtschaft. Wer ist dann dieses Kind? Und waren das wirklich Wasserflecken oder Tränen der Nanny Hortens? Er rief sich die Aussage der jungen Dame ins Gedächtnis. Am Tag, als ihr Marlen Winestein den Umschlag brachte, lag das Fotoalbum aufgeschlagen auf dem Sessel und Hortensia hatte Tränen in den Augen. Mrs Winestein bemerkte sogar, dass es öfter vorkam, wenn sie sich bestimmte Fotos ansah.

Was, wenn dieses Kind gestorben ist während ihrer Tätigkeit als Nanny? Was, wenn sie ein schwerwiegendes Geheimnis gehabt hatte, dass sie zu dem Selbstmord drängte? Und was war, wenn dieses Geheimnis bei *Daisy Chain* hinterlegt war und der Dieb es mitgenommen hatte? Stand vielleicht in dem geheimnisvollen Umschlag an Hortensia eine Drohung, die sie ins Gefängnis bringen könnte? Hatte Angst zu ihrem Selbstmord geführt? Beanstock war sicher, dass noch ein wesentliches Puzzleteil fehlte.

Die Akten bei *Daisy Chain* waren der Schlüssel. Er musste mehr darüber erfahren.

# Wild Dressman

Der Weg führte den Bentley nach Richmond upon Thames. Sie fuhren über die Vauxhill Bridge und dann weiter in Richtung Battersea Park.

Das Haus des Lords of Pearpie befand sich mitten im Richmond Park in der Queens Road.

Aber Beanstock sollte die Hausdame Mrs Potts im *Wild Dressman* treffen. Dieser Pub sollte sich ebenfalls in der Queens Road befinden. Sie suchten lange. Eine ältere Dame, die sie schließlich danach fragten, wies ihnen mit einem Blick, der der Antialkoholiker Liga alle Ehre gemacht hätte, den Weg in eine enge Seitenstraße.

Der *Wild Dressman*, wieder einmal ein Beispiel für die Vorliebe der Pubwirte für ausgefallene Namen, nahm fast die gesamte rechte Seite der Straße ein. Danach endete sie und dichter Baumbestand war im Dunst des späten Nachmittags zu erkennen.

Gonzales parkte den Bentley und die beiden betraten den, bereits gut gefüllten, Pub. Beanstock sah sich um, während der Chauffeur zum Tresen ging um Getränke zu ordern.

Der Pub teilte sich in mehrere Räume und Nischen auf. Alles war sehr gediegen mit dunklem Holz vertäfelt und über jedem Tisch hing eine blank polierte Laterne, die diffuses Licht spendete. Der nächste Raum besaß ein Ungetüm von Kamin, in dem ein Feuer prasselte. Davor hatte sich, bemerkte Beanstock, der Großteil der Jugend des kleinen

Vororts versammelt und lachte lautstark über die Witze eines ihrer Freunde.

Beanstock nahm seine Taschenuhr aus der Westentasche. Es war kurz vor der vereinbarten Zeit. Sie waren pünktlich.

Die Tür zum Pub öffnete sich und eine Dame erschien. Sie sah sich suchend um, und Beanstock vermutete, Mrs Potts vor sich zu haben.

Er ging auf sie zu.

„Habe ich die Ehre mit Mrs Potts?"

Die Dame nickte.

„Mr Beanstock?"

Beanstock nickte.

„Setzen wir uns doch in eine ruhige Ecke."

Er sah sich nach Gonzales um und gab ihm ein Zeichen noch einen weiteren Tee mitzubringen.

Mrs Potts war eine rundliche Dame mit einem rosigen Gesicht. Auf ihrer Nase tanzte eine runde Brille. Sie trug das bräunliche Haar kurz geschnitten und auf dem Kopf thronte ein rundliches Etwas, dass man wohl in der Damenwelt als Hut bezeichnen würde, aber Beanstock so noch nicht untergekommen war. Ihre Hände kneteten nervös an einer kreisrunden braunen Tasche herum. Eigentlich konnte man sagen, dass Mrs Potts aus rundlichen Dingen bestand.

Er nahm ihr den Mantel ab und sie setzten sich. Gonzales kam mit einem Tablett, und verteilte die Getränke. Tee für Beanstock und die Dame und ein Stout für ihn. Gonzales war der Meinung für einen Tag genug Tee getrunken zu haben. Außerdem hatte sich der Spanier immer noch nicht an diese viele Teetrinkerei gewöhnen können.

„Mrs Potts, erzählen Sie mir doch von dem letzten Tag des Butlers Bensonman, wenn es Sie nicht zu sehr belastet."

Mrs Potts nahm einen großen Schluck Tee und begann den Tag ihres Freundes zu beschreiben. Es fiel ihr sehr schwer, und mehr als einmal wurden ihre Augen feucht. Aber sie wollte erzählen und ließ keinen Moment aus. Angefangen von dem seltsamen Vorzeichen des Verschlafens am Morgen bis hin zu dem Briefumschlag und dem Auffinden des armen Bensonman. Dann gab sie Beanstock den Abschiedsbrief, den Bensonman für sie hinterlassen hatte.

„Können Sie sich irgendwie erklären, was in diesem Umschlag gewesen sein könnte, den Ihr Freund an diesem Morgen erhielt?", fragte Beanstock, nachdem er den Brief sorgfältig gelesen hatte.

Mrs Potts schüttelte den Kopf.

„Ich kann es nicht sagen. Ich weiß nur, dass Mr Bensonman einer der liebenswürdigsten Menschen war, ein integrer Charakter. Ich kann mir nicht vorstellen, was ihn zu dieser Tat getrieben hat. Ich kann auch nicht verstehen, warum er nicht mit mir darüber gesprochen hat. Wir hätten doch eine gemeinsame Lösung finden können, meinen Sie nicht, Mr Beanstock?"

„Wenn ich richtig liege mit meinen Mutmaßungen, dann stand ihm diese Option leider nicht offen, es sei denn, er hätte die Offenlegung irgendeines uns nicht bekannten Geheimnisses riskiert."

Mrs Potts dachte angestrengt nach.

„Es gab da einmal etwas. Mr Bensonman erwähnte eine Sache, die ihm wohl auf der Seele lag, aber auf meine Nachfragen hin hüllte er sich wieder in Schweigen. So, als wäre ihm etwas herausgerutscht, das niemand wissen durfte."

„Um welche Dinge handelte es sich Mrs Potts? Können Sie sich an etwas erinnern?"

„Es hatte etwas mit seinem vorherigen Arbeitgeber zu tun. Er war bei dem Earl of Erroll auf einer Farm in Kenia angestellt. Der Earl war damals im diplomatischen Dienst tätig. Es kam zu einem schlimmen Mord, so um das Jahr 1941 muss das gewesen sein. Es ging damals durch die gesamte Presse und wurde als der *Happy Valley Mord* bezeichnet. Eine tragische Geschichte war das, irgendein Beziehungsdrama oder so etwas. Es muss dort drunter und drüber gegangen sein in dieser Zeit. Er sprach davon mit einem Zittern in der Stimme. Der Earl of Erroll wurde erschossen in seinem Auto aufgefunden. Es gab da auch ein junges Mädchen, wenn ich mich recht entsinne, die Tochter eines Baronets oder war es die Tochter einer Angestellten?

Mein Gedächtnis, löchrig wie ein alter Käse. Jedenfalls hatte das Kind zeitweise auf der Farm mit ihrer Mutter gelebt. Der Mörder wurde niemals entdeckt. Kurz danach kam Mr Bensonman zurück nach England und fing bei dem Lord of Pearpie an. Er hatte mir einmal von diesem Mädchen berichtet. Ja, das war es. Er sprach von dem Mädchen und dass er sich immer besonders um sie gekümmert hätte. Mehr weiß ich nicht davon."

Sie hüllten sich eine Weile in Schweigen und jeder hing seinen eigenen Überlegungen nach. Erneut hatte Beanstock eine Spur in die Vergangenheit eines der Opfer entdeckt.

Er war sich sicher, dass diese Tatsache den Mörder auf

139

die Fährte seiner potenziellen Opfer brachte.

Aber was trieb ihn oder sie an? Vielleicht lag auch die Geschichte dieses Mörders in der Vergangenheit? Und wieder kam er auf die Akten im *Langham Hotel* zurück. Dort lag der Schlüssel für die Selbstmorde.

Er musste Inspector Morris über seine Erkenntnisse informieren und nahm sich vor, sofort nach der Rückkehr in die Baker Street den Inspector anzurufen.

Als sie das schmale Haus in der Baker Street erreichten, war es bereits achtzehn Uhr, und Beanstock fragte sich, ob es Sinn machte, heute noch im Scotland Yard anzurufen. Er sollte wieder einmal etwas Überraschendes im Haus erleben.

Nachdem sich die beiden Herren ihrer Mäntel entledigt hatten, gingen sie in den Salon. Beim Näherkommen konnte man gedämpfte Stimmen von dort hören und ab und zu ein leises Kichern, das eindeutig von Lucinda herrührte.

Beanstock öffnete die Tür und sah sich Inspector Morris gegenüber. Der Inspector saß vergnügt in einem der bequemen Sessel, hatte eine Tasse Tee vor sich auf dem Tisch und biss gerade herzhaft in ein kleines Kuchenstück. Mrs Parish saß ihm gegenüber und hatte rosige Wangen. Lucinda hockte auf dem Teppich und blätterte in einem Buch.

Es wirkte auf den Betrachter sehr idyllisch, wie aus der guten alten viktorianischen Zeit. Es fehlte noch der Kater auf dem Fensterbrett oder zumindest der Stickrahmen auf dem Schoß der Hausherrin und die qualmende Pfeife im Mund des Hausherrn.

„Beanstock, da sind Sie ja endlich, alter Knabe!", dröhnte

der Inspector und spritzte Krümel auf seinen Schoß. Mrs Parish sprang sofort auf, um frischen Tee aufzubrühen.

„Ich hatte vor, Sie heute noch über meine Erkenntnisse zu informieren. So ist es natürlich noch besser", versetzte der Butler.

„Ich dachte mir schon, dass Sie das sagen würden. Ich bin lieber selbst gekommen, um informiert zu werden. Ich glaube gesagt zu haben, dass Sie ständig berichten sollten oder?"

Beanstock fühlte sich ertappt. Er berichtete dem Inspector in allen Einzelheiten von seinen Gesprächen mit Mr Tyrell, dessen Butler - ja, er hatte zwei Stöcke im Rücken - Mrs Winestein und ihrem seltsamen Vater und von seinem Gespräch mit Mrs Potts. Dann erklärte er ihm seine Theorie, dass der Mörder Vorgänge aus der Vergangenheit zum Anlass nehmen könnte, die Leute zu erpressen und zum Selbstmord zu treiben. *Daisy Chain* erwähnte er nicht.

Der Inspector unterbrach ihn an diesem Punkt.

„Mr Beanstock, finden Sie es nicht etwas weit hergeholt? Wer würde sich denn aufgrund eines Briefes umbringen? Warum hat denn keiner von den Toten vorher mit irgendjemandem gesprochen? Der Mörder war selbst nicht anwesend, warum also so handeln? Das sind zu viele offene Fragen für mich. Da kann ich Ihrer Theorie wirklich nicht folgen. Tut mir leid, aber ich denke, Sie verrennen sich da in eine Fantasie."

Beanstock holte tief Luft.

„Und Sie unterschätzen die Integrität eines Dienstboten, Sir."

„Aber das sind doch Dinge aus einem anderen Jahrhundert. Es gibt doch diese Art Dienstboten gar nicht mehr, die sich lieber selbst aufgeben, als ihren Arbeitgeber bloßstellen. Nein, tut mir leid, da gehe ich nicht mit."

Der Inspector erhob sich und wollte sich verabschieden. Er bedankte sich ausgiebig bei Mrs Parish für den leckeren Kuchen und strich dabei über seinen Bauch. Dann zwinkerte er Lucinda zu und streichelte ihr über die Haare.

Beanstock brachte ihn zur Tür. Auf der Straße angekommen, drehte sich der Inspector noch einmal um.

„Tun Sie sich einen Gefallen, haken Sie die Fälle ab und fahren Sie zurück nach Parsley Field."

Beanstock schüttelte mit dem Kopf.

„Das kann ich nicht. Ich werde versuchen zu beweisen, wovon ich spreche. Ich hoffe nur, dass es keine Todesfälle mehr geben wird."

„Tun Sie, was Sie nicht lassen können. Versprechen Sie mir aber, mich auf dem Laufenden zu halten. Mein Chef hat jedenfalls gemeint, die Sache kann zu den Akten gelegt werden. Es waren Selbstmorde und Dr. Seeker konnte kein Fremdverschulden erkennen. Gute Nacht, Mr Beanstock."

Seine Nase juckte unablässig. Kein gutes Zeichen. Im Inneren des Inspectors kämpften die Einsicht, dass der Butler Recht haben könnte, seine Pflicht, die Vorfälle zu den Akten zu legen und zu viel verspeiste Sahnetörtchen, einen schweren Kampf. Inspector Morris ging zu seinem Wagen und fuhr in die Nacht und in den beginnenden Schneefall.

Beanstock blickte zu dem dunklen Himmel. Schnell hatte er kleine Schneeflocken auf dem Gesicht. Er empfand es fast als angenehm, hier im fallenden Schnee zu stehen und in einen Himmel zu sehen, der nichts wusste von Morden und Menschen, die anderen wehtaten. Es fielen einfach nur saubere Flocken, die alles mit einem weißen Tuch des Vergessens bedeckten. Er schloss die Augen und versuchte diesen Moment festzuhalten.

Dann fühlte er plötzlich eine kleine warme Hand, die sich in seine Hand schob. Er blickte hinab in das besorgte Gesicht von Lucinda.

„Alles in Ordnung Mr Beanstock?"

„Alles gut, Luc, lass uns hineingehen und deine Großmutter fragen, wie es mit einer schönen Tasse heißen Kakaos aussieht, was meinst Du?"

Das Kind lächelte und zog ihn ins Haus.


Er hatte wieder einmal schlecht geschlafen und war bereits im Morgengrauen des nächsten Tages wach geworden. Einen winzigen Moment musste er überlegen, wo er sich befand.

Wie sehnte er sich nach Parsley Manor zurück. In diesem Moment würde wahrscheinlich noch alles schlafen im Haus der Baronets. Würde man dort überhaupt wach werden ohne seine wunderschöne Musik an jedem Morgen? Man musste im Moment nicht viele Arbeiten bewältigen, da die Herrschaft bis weit ins neue Jahr fort sein würde.

Er dachte an sein ruhiges bequemes Zimmer, die Musik, die erste Tasse Tee des Morgens. Der Weihnachtstag war nicht mehr weit, und wahrscheinlich würde bereits ein geschmückter Baum bereitstehen. Die Geschenke für das Personal von Lady Fedora und Sir Percival lagen im Arbeitszimmer der Hausdame. Mrs Porkpie würde ihren berühmten Weihnachtskuchen backen, voller guter Dinge und duftend nach dem Schuss Whisky, den sie am Ende dazu gab.

Beanstock erfasste eine gewisse Traurigkeit, die er sich nicht erklären konnte.

War er schon so festgelegt in seinem Leben, dass er sich nichts Anderes wünschte, als auf Parsley Manor zu sein? Er erhob sich langsam und zog die Gardine vor dem Fenster zurück.

Es hatte nicht sehr lange geschneit am Abend vorher und die aufgehende Sonne versprach einen angenehmen Tag. Wie sollte er weiter vorgehen? Er hatte das Gefühl festzustecken. Sorgfältig kleidete er sich an, und als es an der Zeit war, begab er sich in den Salon, wo bereits das Frühstück bereitstand.

Kurz nach ihm erschien Gonzales, wie immer fröhlich und mit einer leisen Melodie auf den Lippen. Heute sah Beanstock ihm das Summen nach. Er konnte etwas Ablenkung gut gebrauchen.

Aber die Frage von dem Chauffeur würde bald kommen.

Und dann kam sie.

„Was machen wir heute, Señor?"

Beanstock wollte nicht zugeben, dass er Probleme hatte; ein Butler hatte keine Probleme, die nicht zu überwinden wären, und so erklärte er ihm, dass er heute ins *Langham* Hotel gehen würde, und Gonzales den Tag zu seiner Verfügung hatte.

Der Spanier rieb sich die Hände.

„Dann besuche ich heute die neue Queen. Sie soll sehr hübsch sein."

Der Butler sah ihn entgeistert an.

„Sie wollen was?"

„Ich werde mir mal den Buckingham Palast ansehen und vielleicht noch einen Abstecher zum Tower machen. Am Nachmittag werde ich hier im Haus sein. Wenn Sie mich brauchen sollten, stehe ich bereit. Gonzales, hat Sir Percival gesagt, Gonzales, dass Sie mir gut auf unseren Beanstock achten. Wir möchten nicht, dass ihm ein Leid geschieht. Und das habe ich auch vor."

Beanstock wurde rot. Er räusperte sich und schenkte sich noch eine Tasse Tee ein. Eigentlich war es ihm unangenehm, aber andererseits, war er mehr als stolz, dass man ihn so sehr wertschätzte im Haus der Baronets.

„Ihre Majestät Queen Elisabeth II. wird entzückt sein, ihre Bekanntschaft zu machen."

Gonzales sah den Butler überrascht an.

„Mi Dios, Señor Beanstock, Sie können ja richtig witzig sein. Ich bin beeindruckt!"

Beanstock erlaubte sich ein Lächeln.

# Die Liste eines Mörders

Als Beanstock sich dem *Langham* Hotel näherte, sah er bereits davor eine Gestalt mit einem Besen hantieren. Edgar Clemm, der Hausmeister, räumte den frisch gefallenen Schnee vor dem Seiteneingang fort. Seine gebückte Gestalt, die von vielen Jahren harter Arbeit und zu wenig Schlaf erzählte, bewegte sich rhythmisch hin und her.

Als Beanstock sich näherte, hörte er den Hausmeister leise pfeifen. Trotz der schweren Jahre hatte er sich wohl eine optimistische Haltung bewahrt. Beanstock bewunderte solche Menschen.

Mr Clemm trug heute einen alten abgetragenen Mantel, der an den Ärmeln andersfarbige Flicken aufgenäht bekommen hatte. Es war sicher nicht die Arbeit einer Nähmamsell gewesen, überlegte Beanstock, anscheinend hatte er sich den Mantel selbst repariert. Das konnte man an den schiefen Nähten und den unterschiedlichen Farben der verwendeten Garne deutlich erkennen. Auf dem Kopf hatte Clemm eine warme, in die Jahre gekommene Mütze mit einem Fellrand und an den Händen dicke wollene Handschuhe. Sein Gesicht hatte schon sehr viel im Leben gesehen, Gutes und weniger Gutes, aber die Lachfalten neben den Augen erzählten auch von freudigen Zeiten.

Der Hausmeister arbeitete konzentriert und hatte bereits den Eingang sauber gefegt. Er bemerkte Beanstock erst, als der Butler neben ihm stand und ihn begrüßen wollte.

„Guten Tag Mr Clemm, Sie sind schon fleißig am frühen Morgen."

„Hallo, wollen Sie hinauf zu Mr Black? Ich glaube, er ist noch nicht da, aber Miss Priscilla ist im Büro, gehen Sie nur hinein, die Tür ist offen. Wählen Sie einfach über das Haustelefon die Nummer Dreizehn. Dann wird sie sich melden und kann Sie hinaufholen."

„Vielen Dank Mr Clemm, das ist sehr nett. Wollen wir hoffen, dass es nicht mehr allzu viel Schnee gibt."

Beanstock stieg die Treppe zum Eingang hinauf und trat in den Gang dahinter. Bevor er die Tür wieder schloss, sah er zu dem Hausmeister zurück, der wieder seinen Besen nahm und einen Reim vor sich hinsprach. Beanstock hörte nur noch die letzten Worte.

*„Und der Rabe, unbeweglich, sitzt noch täglich, sitzt alltäglich auf der bleichen Pallasbüste über meiner Zimmertür, und in seinen Augen wohnen alle Träume von Dämonen."*[1] Dann schwieg Mr Clemm und ging mit dem Besen, eine Melodie summend, um die Ecke zum Haupteingang des alten Hotels.

Beanstock überlegte, woher er diese Zeilen kannte. Es fiel ihm zuerst nicht ein, aber nachdem er Mrs Pruster angerufen hatte und im Fahrstuhl stand, der sich nach oben bewegte, erinnerte er sich. Überrascht stellte er fest, dass es ein Stück des *Raben* von Edgar Alan Poe gewesen war.

Woher der Hausmeister dieses ausgefallene Gedicht wohl kannte? Aber warum sollte ein einfacher Hausmeister nicht

---

[1] Edgar Alan Poe „Der Rabe"

147

belesen sein, er selbst liebte ja seine Bücher auch über alles.

Mrs Pruster, die ihn wieder einmal bat, sie Prissy zu nennen, begrüßte ihn und bat ihn dann hinein in das Allerheiligste der *Daisy Chain* Verbindung. Beanstock sah mit Vergnügen, dass der Raum aufgeräumt und viel besser aussah, als bei seinem ersten Besuch.

„Mr Black ist unterwegs zu einem Mitglied, das sich bei ihm über die Verhältnisse in seinem Arbeitsbereich beschwert hatte. Er möchte sich selbst von der Situation überzeugen, bevor er Schritte einleiten wird, um dem Mann zu helfen.“

„Ich verstehe. Haben Sie Neuigkeiten für mich? Haben Sie irgendetwas entdeckt, dass uns helfen könnte?“

„Nun, ich habe die Aufzeichnungen in meinen Listen fertig durchgesehen und die fehlenden Akten zugeordnet. Es ist, wie Sie sagten. Es fehlen die Akten der toten Dienstboten und weitere. Ich habe Ihnen hier alle neuen Erkenntnisse mit den Namen und derzeitigen Arbeitgebern notiert. Bereits verstorbene oder fortgezogene Mitglieder habe ich dabei außer Acht gelassen. Es grenzt sich nun auf weitere zehn Namen ein.“

„Aber Sie wissen nichts über die hinterlegten Vorgänge dieser Leute?“

„Leider nicht. Auch Mr Black konnte nichts dazu beitragen. Die meisten Akten rühren aus einer Zeit, in der er noch nicht Mr Black war.“

„Wie sieht es mit dem Mr Black vor unserem Mr Black aus? Könnte ich mit ihm reden?“

Prissy machte eine abwehrende Handbewegung.

„Es tut mir leid, aber der vorherige Mr Black weilt nicht mehr unter uns. Er ist im letzten Jahr ganz plötzlich verstorben."

„Hatte dieser Mr Black ebenfalls eine Sekretärin?"

„Ich habe ihm als Sekretärin geholfen, als bereits abzusehen war, dass seine Zeit zu Ende geht. Aber über die Akteneinträge weiß ich trotzdem nichts weiter. Aber ich werde Mr Black danach fragen, wenn er zurück ist."

Sie kicherte.

„Unser Black ist nicht gerade ein Organisationstalent. Er war sehr froh, als ich damals zusagte, ihm bei seinen Aufgaben behilflich zu sein."

Beanstock sah sich die Liste genauer an.

„Gehen wir doch gemeinsam diese Liste der zehn Personen einmal durch, und Sie versuchen mir so viel wie möglich über jeden zu erzählen."

Prissy nickte und sie setzten sich vor den wärmenden Kamin. Beanstock versuchte seiner Intuition zu folgen, die ihn eigentlich noch niemals im Stich gelassen hatte.

„Da haben wir zwei Butler, einen Privatsekretär, zwei Dienstmädchen, drei Gärtner, eine Hausdame und einen Koch. Alle Eintragungen stammen entweder aus einer Zeit lange vor dem Krieg oder kurz danach um das Jahr 1947", las Beanstock vor.

„Die Toten waren ein Butler, eine Nanny, ein Dienstmädchen und ein Gärtner. Wir hatten noch keinen Koch. Eine Hausdame und ein Sekretär fehlen auch noch."

Prissy sah ihn entsetzt an.

„Wie meinen Sie das denn, Mr Beanstock, denken Sie

149

etwa, der Mörder geht nach Dienstboten vor? Also, er sammelt sozusagen verschiedene Berufe ein? Das klingt ja furchtbar? Das wäre ja ein vollkommen Verrückter!"

Sie knetete nervös ihre Hände.

„Nein, ich bin fast sicher, dass ein anderes Motiv zu diesen Morden geführt hat. Das Perfide ist, dass man es ja nicht als Mord bezeichnen kann, wenn sich jemand selbst tötet. Das ist fast der perfekte Mord, obwohl ich immer der Meinung war, so etwas gibt es nicht. Wenn ich Recht haben sollte, dann wird er eine dieser drei Personen als nächstes Opfer auswählen. Das grenzt die Suche doch schon etwas ein. Schreiben Sie mir bitte die Namen und Adressen auf. Ich werde sie besuchen und versuchen zu verhindern, dass so etwas wieder passiert. So gewinnen wir Zeit."

Prissy erhob sich und schrieb die geforderten Daten auf ein Blatt. Sie reichte die Liste Beanstock und setzte sich wieder.

„Gut, wie ich sehe, befinden sich die drei Personen in einem engeren Umkreis, sodass ich sie schnell erreichen werde. Mrs Prissy, denken Sie nach. Haben Sie noch irgendetwas im Gedächtnis über diese drei Personen und ihre hinterlegten Vorkommnisse. Irgendetwas und wenn es Ihnen noch so banal erscheint. Bitte versuchen Sie es."

Er sah die Sekretärin erwartungsvoll an und ließ ihr ein paar Minuten, um nachzudenken.

„Ich könnte mich nach dieser langen Zeit täuschen. Das macht mir etwas Angst. Aber ich erinnere mich irgendwie an die Akte dieser Hausdame. Es ging um einen Einbruch im Haus ihres Dienstherrn. Sie hatte sich schuldig gefühlt, weil sie wohl den Dieb gekannt hatte. Ich weiß es nicht genau. Ich habe nur ganz wenige Akten wirklich gelesen. Ich weiß noch, dass ich gerade dieses Schriftstück gelesen hatte, weil ich mit dieser Dame befreundet war und ihr gern helfen wollte."

Beanstock dachte angestrengt nach.

„Das scheint mir nicht der Fall für einen Selbstmord zu sein. Ich werde mich auf die beiden anderen konzentrieren. Zuerst versuche ich den Koch zu kontaktieren. Es wird natürlich schwierig werden, den Leuten ihre Geheimnisse zu entlocken. Aber ich kann sie zumindest warnen und bitten, nichts Unüberlegtes zu tun. Danach besuche ich den Privatsekretär und zum Schluss sehe ich doch noch nach der Hausdame. Man kann nie wissen. Vielleicht gab es damals doch andere Gründe."

Nachdem Beanstock Prissy gebeten hatte, Mr Black über ihr Gespräch zu informieren, kehrte er auf schnellstem Wege in die Baker Street zurück.


Gonzales blickte konzentriert auf die Karte von London. Sein Zeigefinger zog entlang der Straßen. Ab und zu brummte er zustimmend.

„Bueno, ich weiß, wie wir fahren werden."

Die beiden Herren saßen bereits seit einigen Minuten im Auto. Beanstock notierte sich etwas in seinem Notizbuch, während Gonzales den Weg heraussuchte, den sie zu fahren beabsichtigten.

Jemand klopfte an das Fenster des Bentleys. Beanstock blickte auf und sah das Gesicht von Lucinda so nah an der

Scheibe, dass ihre Nase plattgedrückt wurde.

Er drehte das Fenster herunter und sah die Kleine fragend an.

„Meine Oma will wissen, ob Sie einen Tee haben möchten und etwas Gebäck? Oder ob Sie dann wieder hereinkommen für den Tee?"

Gonzales lachte in seinen Stadtplan.

„Nein, sag deiner Oma nur, wir müssen uns erst einmal den richtigen Weg auf der Karte suchen, damit wir uns nicht verfahren. Sie soll sich keine Sorgen machen. Es braucht eben seine Zeit, sich in London zurecht zu finden, obwohl ich sagen muss", dabei blickte er zu Gonzales hinüber, „ich habe einen sehr guten Chauffeur mit einem Orientierungstalent, das ich ihm nicht zugetraut hätte."

Der Chauffeur bekam tatsächlich feuchte Augen über dieses Lob von dem Butler der Baronets.

Lucinda hüpfte zurück zur Tür und sprang mit einem Satz hinein.

„Wir können fahren, Señor, ich kenne den Weg."

Beanstock nickte zustimmend, und der Bentley fuhr mit leise schnurrendem Motor aus der Parklücke vor dem dünnen Haus der Mrs Parish.

Ihr Weg führte sie nach Greenwich. Wie viele Stadtteile Londons hatte auch Greenwich viele Bombentreffer überstehen müssen und kämpfte im Jahr 1952 immer noch mit Trümmerhalden, die geräumt werden mussten. Sie fuhren über die Tower Bridge und hielten sich dann links. Der Gloucester Circus war zwar noch grau vom Staub der Bombenangriffe, aber die Häuser hatten es zum großen Teil unbeschadet überstanden. Trotzdem waren auch hier in diesem Stadtteil viele Opfer zu beklagen gewesen.

Das Haus Nummer 8 hatte, wie all die anderen in dem Halbrund, eine rötliche Backsteinfassade, zwei Etagen und zweigeteilte Fenster. Vor jedem Haus gab es ein schmiedeeisernes Gitter und zwei Stufen, die zum Haupteingang führten. Daneben führten Stufen hinab zum Dienstboteneingang. So war es früher. Im Moment waren in diesen Wohnungen im Untergeschoss auch noch manchmal Familien einquartiert, die ihre Wohnung und Habe durch Bombenangriffe verloren hatten. Im Haus Nummer 8 war es nicht anders.

So stieg Beanstock aus dem Wagen und ging zum Haupteingang, und diesmal brauchte er nicht die Unterstützung des Chauffeurs. Er würde versuchen, mit dem Koch der Familie Portland zu reden.

Im Haushalt der Portlands gab es, laut Mrs Prissy, nicht viele Angestellte. Der Hausherr arbeitete im Außenministerium und reiste sehr viel.

Da seine Frau ihn oft begleitete, hatte das Ehepaar nur ein Dienstmädchen, einen Hausdiener und den Koch behalten. Alle anderen Dienstboten wurden nach dem Krieg entlassen. Man benötigte keinen großen Haushalt mehr.

Vor dem Krieg war das Haus Nummer 8 bekannt für elegante Dinner Partys und glänzende Abendgesellschaften. Die Dame des Hauses war eine gefeierte Operndiva und hatte einen großen Bekanntenkreis.

Nach dem Krieg war alles anders gekommen. Wie viele Schicksale sich durch die Kriegswirren verändert hatten, konnte wohl niemand mehr sagen.

Mr Portland kam mit schweren Verletzungen zurück und Mrs Portland verlor ihr Kind. So wurde es ruhig im Haus Nummer 8 und das Paar versuchte nun einen Neuanfang.

Beanstock betätigte den Türklopfer und hörte einen Widerhall, wie er in leeren Räumen entsteht. Dann waren da klappernde Absätze auf Steinfliesen und die Tür öffnete sich zaghaft einen Spalt. Ein junges Mädchen steckte ihren Kopf aus der Tür und sah Beanstock erwartungsvoll an.

„Ja bitte? Die Herrschaften sind verreist."

Beanstock sah an ihr vorbei auf mit weißen Laken bedeckte Möbel.

„Mein Name ist Mr Beanstock. Ich komme im Auftrag Mr Blacks und würde gern mit dem Koch der Familie reden, wenn es keine Umstände macht."

„Wer is`n Mr Black? "

Beanstock fühlte sich unwohl, hier vor der Tür zu stehen und mit diesem überforderten Mädchen zu reden.

„Vielleicht melden Sie mich einfach dem Herrn", Beanstock sah kurz auf sein Notizbuch, das er in seiner Hand hielt, „dem Herrn Wollinski."

Das Mädchen zuckte mit den Schultern.

„Kann ich machen, hab ihn heute aber noch nicht gesehen. Der kommt immer spät aus seinem Zimmer runter, wenn die Lady nicht da ist. "

„Oh nein!", rief Beanstock, drückte sich an dem Mädchen vorbei und rief im Laufen, „Wo ist sein Zimmer, sagen Sie es, schnell!"

Er war bereits auf der Treppe, als das Mädchen ihm nachrief.

„Na oben, ganz oben, erste Tür rechts, was`n los?"

Beanstock versuchte sich in dem schummrigen Licht der oberen Etage zu orientieren. Er klopfte an die erste Tür rechts und horchte auf einen Laut.

Nichts.

„Nicht schon wieder", murmelte er und drückte zaghaft auf die Klinke. Die Tür öffnete sich mit einem lauten Knarzen der Scharniere. Das Bett in der Mitte des Raumes sah zerwühlt aus. Auf dem Boden türmte sich schmutzige Wäsche und es roch sehr unangenehm.

Beanstock versuchte sich in dem schummrigen Zimmer zu orientieren. Er blickte auch zur Decke, sah aber zum Glück dort keinen Strick mit einem Menschen daran. War er zu spät gekommen? War wieder einmal Gift im Spiel gewesen? Inzwischen war auch das Dienstmädchen angekommen und schaute ihm neugierig über die Schulter.

Es raschelte. Ein Kopf kam unter der Bettdecke hervor, dessen Haare nach allen Seiten abstanden.

„Was zur Hölle ist denn los? Was wollt ihr denn in meinem Zimmer?"

Beanstock war klar, dass er den vermeintlichen Selbstmörder gefunden hatte. Obwohl ihm die Situation mehr als peinlich war, atmete er tief durch und war froh, den Koch noch lebend vorzufinden.

„Mr Wollinski, nehmen Sie bitte meine tief empfundene Entschuldigung an. Aber wenn wir uns kurz unterhalten könnten, würde ich Ihnen diese seltsame Situation und mein Handeln gern erklären. Vielleicht warte ich unten auf Sie in der Küche, Ihrem Reich. Entschuldigen Sie nochmals."

Beanstock schob das neugierige Mädchen aus der Tür und schloss sie leise.

„Bitte bringen Sie mich in die Küche. Ich möchte dort warten."

Das Mädchen folgte ihm die Treppe hinab und kicherte in sich hinein.

„Da haben Sie Glück gehabt, dass der da oben nicht ganz wach war. Das ist nämlich kein Feiner. Der haut zu, wenn ihm was nicht passt."

Beanstock wurde immer klarer, dass das Ehepaar Portland kein Geschick hatte, gutes Personal zu finden.

„Wie lange arbeiten Sie schon für Ihre Herrschaft?", fragte er nun, als sie in der Küche ankamen, die in einem beispiellos unaufgeräumten und schmuddeligen Zustand erschien.

„Nich lange, ein paar Monate, oder so."

Beanstocks Dienstbotenkodex wurde hier auf schändlichste Weise angegriffen, und er musste sich sehr zurückhalten, zu den Zuständen in diesem Haushalt, bei Abwesenheit der Herrschaft, seine Meinung zu sagen. Er empfand es als empörend. Nach fast einer halben Stunde, so sagte es ihm seine Taschenuhr, geruhte der Koch, nicht sehr ansprechend und seriös gekleidet, zu erscheinen. Er war unrasiert und die Haare waren wohl an dem Kamm vorbei gerutscht.

„Mr Wollinski, sicher kennen Sie die Verbindung *Daisy Chain*."

„Nö", unterbrach ihn der Koch.

Das schockierte Beanstock.

Das konnte nicht sein. Jeder Dienstbote, der in dieser

Verbindung organisiert war, kannte Mr Black und *Daisy Chain* genau.

„Aber Sie kennen doch Mr Black aus dem Langham Hotel."

„Nö"

Beanstock nahm sein Notizbuch zur Hand. In einem etwas anderen Tonfall versuchte er es noch einmal mit diesem nicht sehr zugänglichen Herrn.

„Sie sind Mr Wollinski, Koch im Haushalt des Ehepaars Portland, achtundfünfzig Jahre alt, wohnhaft Gloucester Circus Nummer 8; es gibt eine Akte mit diesen Daten im Langham Hotel. Wollen Sie das abstreiten?"

„Ja"

Der Koch kratzte sich lautstark an dem ausufernden Bauch.

Beanstock zog die Augenbrauen nach oben.

„Was von dem eben Gesagten ist nicht in Ordnung?"

Der Koch beugte sich zu ihm herüber.

Beanstock nahm sich etwas zurück, um aus dem Dunstkreis des mehr als unangenehmen Geruchs zu kommen, den dieser Herr verströmte.

„Ich bin vierzig Jahre alt, Sie meinen wahrscheinlich meinen Vater. Der wohnt auch hier. War vorher der Hauptkoch, ist jetzt nur noch Hilfskraft. Ich bin jetzt der Koch der Portlands. So meine ich das, und nun sagen Sie erst mal, was Sie eigentlich wollen."

Beanstock erblasste.

„Wo ist Ihr Vater im Moment? Es ist äußerst wichtig, mit ihm zu sprechen. Wir haben Grund zu der Annahme, dass sein Leben in Gefahr ist. Bitte, würden Sie ihn rufen lassen. Dann werde ich gern alle Ihre Fragen ausgiebig erläutern."

Das Dienstmädchen sah ihm fasziniert beim Reden zu.

„Mann, sprechen Sie immer so geschwollen? Das ist ja der Hammer!"

Der Koch, also der junge Mr Wollinski, obwohl Beanstock nicht glauben konnte, dass er erst vierzig Jahre alt sein sollte, wandte sich an das Mädchen und zischte.

„Laber hier nicht rum, hol mal den Alten runter, wird sowieso Zeit, dass er kommt, morgen kommen die Herrschaften zurück, und er muss noch einkaufen gehen." Dabei ließ Mr Wollinski Beanstock nicht aus den Augen.

Das Mädchen maulte, machte sich aber auf den Weg hinauf in die oberste Etage. Beanstock fühlte sich unglaublich fehl am Platz und sehr unwohl. Irgendwie bedauerte er es nun, Gonzales nicht mit hineingenommen zu haben. Der Chauffeur hatte ein gewisses Geschick im Umgang mit solchen Herrschaften. Damit meinte er die offensichtliche Aggressivität in der Haltung des jungen Wollinskis. Er hoffte nur, dass es nicht noch zu Handgreiflichkeiten kommen würde, so seltsam, wie der Koch ihn musterte.

 Ihm schien es, als würde die Zeit nicht vergehen. Wo blieb dieses Mädchen nur. Ein durchdringender lauter Schrei ließ die beiden Männer emporspringen.

„Nicht doch, ich fasse das nicht, ich bin doch zu spät", murmelte Beanstock.

Der Koch lief zur Treppe und brüllte nach oben.

„Hei, Daisy, was ist los da oben, hast du wieder mal ne Maus gesehen?"

Stille breitete sich aus im Haus. Das Mädchen sagte nichts und man konnte nur ihre klappernden Absätze auf dem Parkett in der ersten Etage hören.

„Was machst du denn da oben, komm schon runter!", brüllte Mr Wollinski.

Nach einigen Minuten kam das Dienstmädchen mit blassem Gesicht und verwirrt langsam die Treppe hinab. Sie stellte sich etwas sehr nah neben Beanstock, als hätte sie Angst vor der Reaktion des Kochs.

„Er ist weg. Dein Vater hat´ne Fliege gemacht, und ich hab bei den Portlands in den Zimmern nachgesehen. Da ist alles durchwühlt und durcheinander. Er hat alles, was er finden konnte, mitgehen lassen. Was wird denn nun aus uns, dieser gemeine Mensch, der lässt uns hier in dem Schlamassel sitzen und alles ausbaden."

Sie begann fürchterlich zu heulen und dicke Tränen liefen über ihr Gesicht. Nach einem erneuten Schniefen hielt ihr Beanstock ein Taschentuch hin. War er denn der einzige Mensch, der immer ein sauberes Tuch mit sich führte? Wie war das nur möglich? Aber seine Gedanken schweiften ab und er konzentrierte sich wieder auf die Situation hier.

„Zeig´s mir, das muss ich mit eigenen Augen sehen", brüllte Mr Wollinski Junior.

„Darf ich Sie begleiten, vielleicht nachdem wir die Polizei verständigt haben?", fragte Beanstock vorsichtig und ging vorsichtshalber einen Schritt rückwärts. Dabei kollidierte er mit dem Dienstmädchen, das noch näher an ihn herangerückt war.

„Erst sehen wir mal nach, dann können Sie von mir aus

159

die Bobbys rufen. Wer weiß, was dieses dumme Ding da oben gesehen hat."

Er stapfte voraus die Treppe hinauf. Beanstock und das Mädchen folgten ihm.

Zuerst sahen sie sich die Bescherung in der ersten Etage an, wo sich die Schlafzimmer des Ehepaars Portland befanden. Es stimmte. Die Schubladen waren herausgerissen und der Inhalt auf dem Boden verteilt. Alles sah zerwühlt aus.

Mr Wollinski bekam einen roten Kopf. Wütend raste er nach nebenan in die Ankleidezimmer, aber dort zeigte sich die gleiche Unordnung.

„Dieser verdammte Dummkopf, was hat er sich dabei gedacht. Aber warum hätte er sich auch ändern sollen in all den Jahren. War schon immer ein Langfinger. Aber uns hier sitzen lassen? Das hätte ich nicht erwartet."

Beanstock kam die gesamte Geschichte sehr seltsam vor. Er schlug vor, in dem Zimmer des ehemaligen Kochs nachzusehen, ob man eine Erklärung finden konnte. Also machte sich die Dreiergruppe auf und stieg in das Obergeschoss.

Ganz hinten öffnete Mr Wollinski Junior die Tür auf der linken Seite und sie traten ein.

Der Gesamteindruck des Haushalts des Ehepaars Portland bestätigte sich für Beanstock auch in den oberen Räumen. Er konnte so etwas einfach nicht verstehen. Aber, so erklärte er sich in Gedanken selbst, diese Misere entstand, wenn man keinen vernünftigen Butler oder zumindest eine seriöse Hausdame einstellte, die dem Haushalt vorstanden und sich um das große Ganze kümmerten. Das Zimmer des ehemaligen Kochs sah zum Fürchten aus.

„Hier wurde auch alles durchwühlt", bemerkte Beanstock.

„Nö, so sieht das hier immer aus", versetzte das Dienstmädchen leise.

Sie sahen sich um und dann bemerkte Beanstock etwas, das seinen Nacken zum Kribbeln brachte.

Auf dem Tisch, zwischen Krümeln, alten Teetassen und verschmutzten Tellern, lag ein großer grauer Umschlag. Obenauf sah man ein verdorrt wirkendes Gänseblümchen und es war nur der Name Mr Ladislaus Wollinski darauf geschrieben. Sollte das der Fehler des Verbrechers sein, auf den Beanstock gewartet hatte? Fiel ihm das so einfach in den Schoß? Er nahm ein weiteres Taschentuch aus der Tasche, denn seitdem auch auf Parsley Manor seine Tücher einem ewigen Schwund unterlagen, hatte er immer mehrere in der Tasche. Er legte sich das Tuch offen auf die Hand und griff damit nach dem Umschlag.

Wollinski Junior sah ihm verständnislos zu.

„Und was soll das nun werden?", fragte er und verschränkte trotzig seine dicken Arme.

„Mr Wollinski, dieser Umschlag ist der Grund für meine Frage nach dem Wohlergehen Ihres Vaters. Er enthält brisante Informationen, die sein Leben in Gefahr bringen könnten. Da die Polizei diesen Umschlag sicher untersuchen will, denke ich, sollten wir nicht unbedingt unsere Fingerabdrücke darauf hinterlassen und jetzt werde ich Inspector Morris verständigen."

Beanstock schob sich vorsichtig an dem Koch vorbei und stieg hinunter in das Erdgeschoss. Dort hatte er ein Telefon gesehen. Nach kurzer Zeit hatte er den Inspector am Apparat und erklärte ihm die Sachlage. Der versprach sofort zu kommen, obwohl er für den Bereich Richmond nicht zuständig war. Er würde das dann schon irgendwie klären.

Beanstock öffnete die Vordertür und winkte Gonzales zu sich, der neben dem Bentley stand und eines dieser schwarzen Dinger rauchte, die Beanstock so verabscheute. Schnell informierte er ihn und bat ihn, mit hineinzukommen.

Gonzales schloss den Bentley ab und folgte ihm.

Lange mussten sie nicht warten und Beanstock war froh, als er endlich die Klingel des Polizeiwagens hören konnte.

Dieses lauernde Wesen des Kochs war mehr als unangenehm. Er bemerkte, dass Gonzales ihn die ganze Zeit gut im Auge behielt.

Inspector Morris hatte ein Spurensicherungsteam mitgebracht, und sie wurden sofort nach oben in die durchwühlten Zimmer geschickt, dann verhörte er den Sohn des Kochs und das Dienstmädchen. Aber neue Erkenntnisse brachte das nicht. Sie hatten nichts bemerkt und nichts gesehen, benahmen sich wie die drei Affen und wollten am liebsten auch nichts sagen.

Beanstock übergab den Umschlag, und ein Mann aus dem Spurensicherungsteam entnahm daraus mit Handschuhen ein eng mit einer feinen Schrift beschriebenes Blatt Papier. Sie beugten sich neugierig darüber.

Mr Wollinski Senior wurde darin angeklagt, absichtlich Informationen über seinen Sohn zurückgehalten zu haben, die diesen schwer belasten würden. Ein Vorfall in der Vergangenheit, als Wollinski Junior grad einmal siebzehn Jahre alt war, wurde hier in allen Einzelheiten beschrieben. Der Junge war damals schon im Haus der Portlands als Hilfskoch tätig. Es ging um eine junge Dame und eine kostbare Halskette, die verschwunden war. Man verdächtigte einen der Angestellten, einen Hausknecht, der aber seine Unschuld beteuerte. Trotzdem wurde er verhaftet und angeklagt. Der Mann nahm sich im Gefängnis das Leben und so legte man diese Tatsache als Schuldbeweis aus und die Sache zu den Akten.

Wollinski Senior wusste es besser. Die Kette tauchte später bei einem Hehler wieder auf, aber diese Spur wurde nicht weiterverfolgt.

Nur eine kurze Notiz in den Akten des Mr Black erklärte die Wahrheit über den Raub und die Schuld des jungen Mannes. Im Brief wurde verlangt, sich lieber umzubringen, als den Sohn vor Gericht zu sehen, vor allem, da ihm nun auch noch der Tod des Hausknechtes angerechnet werden würde. Danach lautete die Anweisung, den Brief samt Umschlag unverzüglich zu verbrennen. Der Schreiber gab Wollinski Senior einen Tag Zeit.

Die beiden Herren sahen sich an und dann zu dem jungen Wollinski, der sich sofort ertappt fühlte, wofür auch immer und ins Schwitzen kam.

Der große Fehler, den der Schreiber diesmal gemacht hatte, war, dass er nicht mit der fehlenden Liebe des alten Wollinskis gerechnet hatte. Da hatte er einmal nicht genug recherchiert, dachte sich Beanstock, und so hatten sie endlich den Beweis in der Hand, dass hier jemand ein perfides Spiel mit den Gefühlen der Menschen spielte.

Aber was würde der Erpresser tun, wenn er herausfand, dass sein Plan nicht aufgegangen war? Beanstock fürchtete, dass er nun noch aggressiver vorgehen würde.

Er informierte Inspector Morris kurz über seine nächsten Schritte. Der Besuch bei dem Privatsekretär Mr Laurentius, wohnhaft St. Thomas Street, in der Nähe der London Bridge. Danach würde er zu der Hausdame Mrs Krumm fahren, die in der Church Street wohnen sollte.

Wollinski Senior war über alle Berge und wurde zur Fahndung ausgeschrieben. Wollinski Junior wurde verhaftet und das Dienstmädchen stand verdattert im Eingang des sich leerenden Hauses.

Dann klapperten ihre Absätze nach oben, sie nahm den Koffer mit ihren Habseligkeiten, ging in die erste Etage, zog sich eins der sehr feinen Seidenkleider der Mrs Portland an, nahm einen der kostbaren Pelzmäntel aus dem Schrank, schminkte sich mit den Utensilien ihrer Madame, sprühte einen Hauch Chanel Nummer 5 auf ihren Hals und verließ das Haus über die Hintertreppe als äußerlich wohlhabende Frau.

Sie würde zum Bahnhof fahren, den nächsten Zug nach Maple Durham nehmen und ihre alte Tante besuchen. Die hatte ihr doch schon oft gesagt, sie solle zu ihr kommen und dort wohnen. Die Tante war schon sehr alt und krank war sie sicher auch. Vielleicht war dort was zu holen. Alte Leute hatten doch immer irgendwas. Daisy grinste und setzte ihren Weg zum Bahnhof fort.

Als am Ende des folgenden Tages das Ehepaar Portland mit einem Taxi im Gloucester Circus Nummer 8 vorfuhr,

164

erwartete sie nicht nur keinerlei Personal, sondern vor allem ein verwüstetes Haus und ein Bobby vor der Tür, der ihnen den Sachverhalt klarmachte.

Mrs Portland, ganz die Operndiva aus alten glamourösen Zeiten, fiel in Ohnmacht.

# Der Pfarrer von St. Barnaby of the Fields

Der Bentley hielt vor dem roten Backsteinhaus in der St. Thomas Street Nummer 2, und Beanstock drückte den kleinen Knopf neben der Tür, auf dem der Name P. Laurentius geschrieben stand. Es regte sich nichts hinter den Fenstern, und auch die Tür öffnete sich nicht.

Neben Mr Laurentius gab es noch einen weiteren Bewohner. Der Butler drückte auf den zweiten Klingelknopf. Dort stand nur der häufig vorkommende Name Smith.

Ein Fenster in der ersten Etage öffnete sich und eine Dame sah herunter zu Beanstock. Sie hatte ein Tuch in der Hand und schien mit der Pflege ihres Haushaltes beschäftigt zu sein. Ungehalten wandte sie sich an den Mann vor ihrer Tür.

„Wir kaufen nichts und wir geben auch nichts. Was wollen Sie?"

Beanstock streckte sich. Es war ihm unangenehm zu dem Fenster hinauf zu sprechen, sodass die gesamte Nachbarschaft mithören konnte.

„Ich suche Mr Laurentius, Mrs Smith, entschuldigen Sie, wenn ich Sie gestört haben sollte. Aber es ist wirklich äußerst wichtig."

„Wenn er nicht aufmacht, ist der Bunte nicht in seiner Wohnung." Hinter der Dame hörte Beanstock jemanden lautstark etwas brüllen.

„Mein Mann sagt mir, dass er heute Morgen bereits um

166

acht Uhr das Haus verlassen hat, und wir wissen auch nicht wo er arbeitet. So gut verstehen wir uns nicht. Er ist ein Eigenbrötler."

Beanstock wollte zu einer Erwiderung ansetzen, aber die Dame fuchtelte mit dem Tuch in ihrer Hand herum und meinte:

„Nein, wir wissen nicht, wann er zurück sein wird." Damit schlug sie das Fenster lautstark zu.

Beanstock zuckte zusammen. Dann wischte er ein paar der Staubflusen ab, die durch das wedelnde Tuch der Mrs Smith auf ihm gelandet waren. Eine sehr laute Familie stellte er fest. Er stieg zurück in den Wagen und sah in seinem Notizbuch nach der nächsten Adresse.

Ein kleiner Junge kam gelaufen, stellte sich unter das eben geschlossene Fenster und brüllte mit sich überschlagender Stimme hinauf.

„Ma, schmeiß den Ball herunter. Ich gehe auf den Platz!"

Das Fenster öffnete sich und das zornige Gesicht von Mrs Smith erschien erneut.

„Was weiß ich, wo dein Ball ist. Komm herauf und such ihn doch selbst!"

Die Stimme aus dem Hintergrund ertönte. Beanstock und Gonzales konnten trotz der geschlossenen Autotüren alles hören und lauschten fasziniert der Vorstellung.

„Hat der Junge denn schon seine Hausaufgaben gemacht?"

Und als ob der Junge es nicht gehört hätte, brüllte Mrs Smith erneut.

„Vater will wissen, ob du schon Hausaufgaben gemacht

167

hast!"

Der Angesprochene holte tief Luft.

„Nein, die mache ich danach. Schmeiß mir den Ball herunter!"

Die beiden Herren im Wagen sahen sich ängstlich an.

„Fahren Sie, Gonzales, na los, schnell!", sagte der Butler und der Chauffeur ließ es sich nicht zweimal sagen. Beanstock kommentierte seine Fahrweise nicht. Er war nur froh, dort weg zu kommen.

„Nun gut, das war die Privatadresse des Sekretärs. Mrs Prissy hatte leider keine Information, wo er zurzeit arbeiten würde. Sie wusste nur, dass er bis 1939 für eine Madame de Rouge tätig war, eine sehr beliebte Schauspielerin an einem Londoner Theater. Danach verliert sich seine Spur. Nur seine Privatadresse ist aktenkundig. Wir müssen später noch einmal zurückkommen. Hoffen wir, dass dann diese laute Familie nicht anwesend sein wird."

Beanstock blätterte in seinem Notizbuch.

„Gonzales, wir fahren in die Church Street, also wieder auf die andere Seite der Themse."

Der Chauffeur nickte wissend.

„White Chapel und dann nach Stratford. Dort befindet sich die Church Street. Wen wollen Sie dort treffen, Mr Beanstock?"

„Die Hausdame Dolores Krumm, angestellt bei dem Pfarrer von St. Barnaby of the Fields, der sich aber seit einigen Jahren im Ruhestand befindet."

Gonzales kicherte.

„Gut gewählt die Church Street."

168

Das Cottage in der Church Street passte eher in einen Ort wie St. Mary Mead mit seinen niedlichen Häuschen. Und es würde Beanstock nicht wundern, wenn die Tür sich öffnete und Miss Marple mit ihrem Strickzeug erscheinen würde. In London vermutete man jedenfalls so ein Cottage nicht.

Da es etwas nach hinten versetzt gebaut worden war, hatte man genügend Platz für einen kleinen Vorgarten gelassen, den die Bewohner sicher gern nutzten, der aber nun, im winterlichen London, mit Schnee und herab gefallenem Laub bedeckt war. In dem kleinen, von einem niedrigen Zaun umgebenen Garten lugten einzelne Stauden hervor und warteten sehnlichst auf das Frühjahr.

Den beiden Herren im Bentley zauberte der Anblick ein Lächeln auf das Gesicht. Sie fühlten sich zurück nach Parsley Field versetzt. Das Cottage hatte weiße Sprossenfenster, eine grün gestrichene Tür mit einem Stechapfelkranz daran und unter dem schneebedeckten Dach lugten rote Ziegel hervor.

„Darf ich mitkommen, Señor Beanstock, es ist kalt hier draußen?"

Gonzales sah den Butler mit flehendem Blick an. Dem konnte man sich nicht entziehen, und so stiegen sie aus dem Wagen und näherten sich der Tür. Bevor sie klopfen konnten, wurde die Tür geöffnet.

Eine alte Dame erschien, die sich zu jemandem im Hintergrund umdrehte und mit flötender Stimme rief.

„Ich hole die Post herein, Hochwürden! Bin sofort zurück!"

169

Beanstock erblasste.

„Sie beabsichtigt die Post herein zu holen, Gonzales, haben Sie das gehört?"

„Si, so etwas macht man am Morgen. Das machen Sie doch auch jeden Tag oder?"

In diesem Moment drehte sich die Dame um und bemerkte die beiden.

„Oh, Besuch, was kann ich denn für die Herren tun?"

Aus dem Hintergrund kam eine hohe Stimme.

„Besuch? Haben Sie gesagt Besuch, Mrs Krumm? Herein damit, immer herein!"

Sie trat lächelnd zur Seite und wies die beiden Herren an hereinzukommen.

„Ach bitte, lassen Sie sich von uns nicht stören und holen Sie zuerst Ihre Post", versetzte Beanstock.

Mrs Krumm musterte Beanstock skeptisch, ging dann aber zum Postkasten neben dem Zaun und entnahm ihm einen Stapel Briefe und Umschläge. Beanstock verrenkte sich fast den Hals, als er versuchte herauszubekommen, ob ein großer grauer Umschlag dabei sein könnte.

Das Haus machte im Inneren einen sehr gemütlichen Eindruck. Alte dunkle Holzmöbel, auf Hochglanz poliert, bequeme Sessel vor einem kleinen Kamin, in dem ein Feuer brannte, an den Wänden Ölbilder von bewaldeten Landschaften im Sonnenlicht. Ein weißhaariger Mann mit einem netten Lächeln in einem Lehnstuhl. Auf allen Oberflächen lagen gehäkelte Deckchen und an dem Häkelzeug in einem der Sessel, erkannte Beanstock, dass sicher die Hausdame dafür verantwortlich zu machen war.

Der Mann erhob sich ächzend und nahm einen Stock, der an der Seite seines Sessels bereitstand. Er streckte erwartungsvoll seine Hand aus, und nun lernten sie auch den Herrn hinter dieser sehr hohen Stimme kennen.

Beanstock schätzte sein Alter auf ungefähr achtzig Jahre. Er hatte volles weißes Haar, einen dichten weißen Bart und auf der Nase eine winzige Goldrandbrille, die es sich auf der Nasenspitze gemütlich gemacht hatte. Mit seinem rot karierten weichen Anzug und den grünen Hausschuhen an den Füßen sah er fast wie der Weihnachtsmann aus.

„Was für ein unerwartetes Vergnügen. Wir haben nicht sehr oft Besuch. Bitte setzen Sie sich doch. Mrs Krumm, Tee wäre angebracht und bringen Sie ein paar von Ihren wunderbaren Ingwerkeksen mit."

Bevor sich Gonzales daraufsetzen konnte, nahm Mrs Krumm schnell das Häkelzeug aus dem Sessel. Sie gab es dem Pfarrer.

„Hochwürden, lassen Sie nicht immer Ihr Häkelzeug überall herumliegen."

Gonzales nahm all seine Kraft zusammen, um nicht laut lachen zu müssen. Beanstock setzte sich auf einen der Sessel und bevor Mrs Krumm in der Küche verschwinden konnte, stellte er sich ordnungsgemäß vor.

„Hochwürden, ich bin Mr Beanstock und arbeite für den Baronet Sir Percival Parsley auf Parsley Manor. Der Herr neben mir ist unser Chauffeur Señor Gonzales. Zurzeit bin ich der Verbindung *Daisy Chain* behilflich. Sie können gern Mr Black im *Langham* Hotel anrufen und unsere Identität bestätigen lassen. Das würde ich natürlich verstehen. Ich müsste vertraulich mit Mrs Krumm reden. Es ist eine Angelegenheit, die allein *Daisy Chain* betrifft." Dabei blickte er zu Mrs Krumm.

Die Hausdame sah ihren Arbeitgeber mit großen Augen an. Der Pfarrer von St. Barnaby of the Fields blickte besorgt zu seiner Hausdame und zu den Herren in seinem Wohnzimmer.

„Was diese Verbindung betrifft, bin ich im Bilde, meine Herren. Sie können offen reden. Mrs Krumm und ich sind seit langem gute Freunde und was Mrs Krumm angeht, geht auch mich etwas an. Also raus mit der Sprache."

Beanstock räusperte sich.

„Könnte ich zuerst einmal sehen, ob ein bestimmter Brief in der heutigen Post war?"

Das erschien den beiden alten Herrschaften dann doch seltsam.

„Ein Brief?", fragte die Hausdame mit ihrer flötenden Stimme, „Wie sollte das denn relevant sein für Sie?"

Sie sah zu ihrem Arbeitgeber. Der Pfarrer nickte nur kurz, und sie ging in den Flur, um die Post zu holen.

„Bitte entschuldigen Sie, Sir, wenn ich Ihren Tagesablauf durcheinander bringe", versetzte Beanstock. Der Pfarrer lächelte.

„Ich bin nun seit fast zehn Jahren im Ruhestand. Man bekommt nicht mehr viel Besuch, und da ist es immer schön, wenn sich der Tagesablauf ändert. Machen Sie sich deshalb keine Gedanken. Sie wundern sich wahrscheinlich über uns. Aber es ist ganz anders, als Sie vielleicht annehmen. Mrs Krumm, Dolores, ist bereits seit meiner Zeit als Pfarrer in St.

Barnaby bei mir angestellt. Wir haben viel zusammen erlebt, Gutes und weniger Gutes. Wir waren nur kurz getrennt, als dieser schreckliche Krieg ausbrach und sie sich um ihre Familie kümmern musste. Und bevor Sie fragen können, nein, wir sind kein Paar und waren es auch niemals. Wir sind einfach beste Freunde."

Beanstock lächelte. Das war eigentlich sein erster Gedanke gewesen, als er hörte, dass die Hausdame bei einem Geistlichen arbeitete. Man sollte niemals vorschnell kombinieren, dachte er bei sich.

„Ach, sagen Sie, Mr Beanstock, ist Ihnen der Herr Pfarrer in Parsley Field näher bekannt? Ist dort immer noch mein alter Freund Wilson tätig?" Der Pfarrer lächelte in sich hinein. Beanstock erklärte ihm, dass Pfarrer Wilson sehr beliebt in Parsley Field sei.

„Bekleckert er sich immer noch mit allem, was er isst? Oh so manches Mal gab es etwas zu Schmunzeln, wenn wir gemeinsam gegessen haben. Habe ihn so lange schon nicht mehr gesehen, netter alter Knabe."

„Nun, unser Pfarrer Wilson ist ein sehr angesehenes Mitglied unserer Gemeinde. Mehr kann ich dazu nicht sagen, Hochwürden." Beanstock musste natürlich die Form wahren. Hochwürden kicherte.

„Und seine Kirche ist ihm so ans Herz gewachsen. Er redet von nichts anderem. Das hat ihm bereits einige Minuspunkte bei seiner Exzellenz, dem Bischof, eingebracht. Vielleicht sollten wir ihn einmal besuchen. Was meinen Sie, Dolores?"

Mrs Krumm nickte ihm lächelnd zu und legte dabei die

173

Post auf den kleinen Tisch. Beanstock suchte sofort die größeren Umschläge heraus und betrachtete sie genau. Es war kein Umschlag dabei, der das Gänseblümchen oder nur den Namen der Hausdame trug. Die Post schien nur den Pfarrer zu betreffen, aber das war kein Grund zu meinen, der Mörder würde Mrs Krumm ausklammern.

Also, es half nichts, er musste die gewisse Frage stellen. Denn die Akten im Hauptquartier waren nun einmal verschwunden. Es war ihm sehr unangenehm, aber es nützte nichts.

„Ich muss Sie fragen, was in den Akten von *Daisy Chain* hinterlegt worden ist. Wir vermuten, dass jemand bestimmte Unterlagen aus dem Hauptquartier entwendet hat. Ihre Akte gehört ebenfalls dazu, Mrs Krumm. Er geht folgendermaßen vor: Er hat Leute aus der Verbindung mit einem dunklen Geheimnis gesucht, schickt dem jeweiligen Dienstboten einen Erpresserbrief, in dem er verlangt sich selbst zu töten oder dieses Geheimnis wird veröffentlicht. Jemand würde bloßgestellt oder dessen Name verunglimpft. Er verlangt noch, den Brief zu verbrennen. Das ist dem Mörder bereits viermal gelungen. Er hat mit der Integrität und dem Ehrgefühl eines Dienstboten gegenüber seinem Arbeitgeber gerechnet. Ich befürchte, irgendwann werden ehrenvolle Butler, Nannys, Stubenmädchen, Gärtner oder Köche nur noch eine schöne Geschichte für einen Filmemacher abgeben. Dann wird wohl auch unsere Verbindung aufhören zu existieren, weil sie nicht mehr nötig sein wird. Aber in den vorliegenden Fällen war es den Dienstboten lieber zu sterben, als einen anderen bloß zu stellen.“

174

Der Pfarrer schloss kurz die Augen und faltete die Hände zu einem stummen Gebet.

„Diese armen Seelen. Aber ich bin nicht Ihrer Meinung, Mr Beanstock. Es wird immer Menschen mit einem hohen Grad an Ehrgefühl geben. Der menschliche Sinn für Gerechtigkeit wird nicht verschwinden, obwohl ich nicht verstehe, wieso diese Menschen es vorgezogen haben sich umzubringen, anstatt mit einem Freund zu reden. Man kann doch immer eine Lösung finden, oder?" Seine hohe Stimme zitterte leicht.

„Ich bin Ihrer Meinung, Herr Pfarrer", antwortete Beanstock, „und doch ist es leider passiert. Zuerst tappten wir im Dunkeln, aber dann ereignete sich etwas, mit dem der Erpresser nicht gerechnet hatte. Er hat einen Fehler begangen, durch den es mir möglich wurde, die Vorgehensweise zu erkennen. Darum bin ich hier. Ich will Sie warnen. Wenn wir wissen, um welche Dinge es sich bei Ihrer Akte gehandelt hat, können wir vielleicht ein weiteres Unglück verhindern."

Der Pfarrer überlegte.

„Wieso sind Sie so sicher, dass es ein Mann ist, Mr Beanstock. In meiner langen Tätigkeit im Beichtstuhl habe ich gerade von den Damen meiner Gemeinde viele schaurige Enthüllungen erfahren müssen. Da würden sich Ihre Nackenhaare kräuseln, mein Guter."

„Nun, wir sind keinesfalls sicher, ob Mann oder Frau, da haben Sie durchaus Recht."

Beanstock lehnte sich in seinem Sessel zurück und sah die Hausdame erwartungsvoll an.

„Wenn Sie es wünschen, kann Señor Gonzales hinausgehen. Dann fällt es Ihnen vielleicht leichter zu sprechen."

Mrs Krumm stand neben dem Pfarrer, der ihre Hand ergriff und ihr zunickte.

„Dolores, das ist so lange her. Erzähl davon. Es ist doch gar nicht mehr wichtig und was soll mir schon noch passieren. Wir kommen doch zurecht."

Gonzales hatte sich bereits erhoben, aber Mrs Krumm winkte ihn zurück in seinen Sessel.

„Das ist unnötig. Wie der liebe Pfarrer bereits sagte. Es ist so lange her und auch kaum noch wichtig. Vor allem denke ich nicht, dass ich deshalb mein christliches Seelenheil aufgeben würde und die schändliche Tat des Selbstmordes in Betracht ziehen könnte. Ich denke, dann würde ich mich eher der Polizei übergeben und die ganze Schuld auf mich nehmen, um meinen Pfarrer zu schützen."

Der Geistliche schien etwas größer zu werden, und er war sichtlich gerührt über so viel Wertschätzung seiner Hausdame und Freundin.

Sie begann zu erzählen.

„Es ist nun bereits mehr als dreißig Jahre her, unser guter Pfarrer war Geistlicher in St. Barnabys of the Fields. Es war eine sehr kleine Gemeinde damals im Dezember des Jahres 1914. Unser Land befand sich seit August in diesem fürchterlichen Krieg. Auch aus unserer Gemeinde machten sich die Männer auf den Weg. Es sind so viele nicht wiedergekommen. Eines Abends war ich in der Kirche damit beschäftigt, den Altar mit Tannenzweigen für das bevorstehende Weihnachtsfest zu schmücken. Es war spät und der Herr

Pfarrer befand sich in der Sakristei, um seine Predigt zu schreiben. Ein junger Mann kam in die Kirche gelaufen und fragte mich aufgebracht nach dem Aufenthaltsort des Herrn Pfarrers, und er müsse ihn sofort sprechen. Er schien vollkommen außer sich zu sein. Ich brachte ihn in die Sakristei. Er war desertiert und wollte sich in der Kirche verstecken. Er meinte, man würde bereits nach ihm suchen, und der Herr Pfarrer wäre seine einzige Hoffnung nicht im Gefängnis zu landen. Er bat um Kirchenasyl."

Mrs Krumm unterbrach kurz ihre Erzählung und schluckte schwer.

Beanstock erhob sich.

„Mrs Krumm, ich werde für uns Tee bereiten, wenn ich darf. Das wird Ihnen jetzt guttun."

Zur Überraschung der beiden alten Herrschaften begab sich der Butler in die Küche und bereitete den Tee, als ob er hier zuhause wäre. Gonzales war nicht überrascht.

„Unser Señor Beanstock ist ein Butler!", versuchte er den beiden zu erklären. „Und unser Señor B. kann nicht anders, es liegt ihm im Blut, verstehen Sie?"

Nach ein paar Minuten stand vor jedem im Raum eine dampfende Tasse Tee und Beanstock hatte auch die Ingwerkekse nicht vergessen.

„Wie ging es dann weiter? Haben Sie dem Mann Asyl gewährt? Ich sehe noch kein besonders großes Vergehen im Moment. Die Kirche ist doch verpflichtet verlorenen Seelen zu helfen?", wollte nun Beanstock wissen.

Mrs Krumm sah auf ihre faltigen Hände, die sie nervös knetete.

177

„Damals bekam man lebenslange Haft, wenn man desertierte, einmal ganz abgesehen von dem Ehrverlust. Dies war damals eigentlich noch viel schlimmer. Der junge Mann blieb fast ein ganzes Jahr bei uns."

Ihr Gesicht bekam kleine rosa Fleckchen.

„Ich bin nicht stolz darauf. Ich habe ihn jeden Tag mit Essen versorgt und was man sonst noch so benötigte, etwas Tabak, ein neues Hemd. Ich weiß nicht, wie das passieren konnte. Ich verliebte mich in den jungen Mann. Ich war noch jung, hatte meine Arbeit bei unserem Pfarrer gerade angetreten und fühlte mich irgendwie allein gelassen von meiner Familie. Wir begannen eine Liebesbeziehung. Viel zu spät erkannte ich den schlechten Charakter dieses Mannes. Er wurde arrogant und fordernd mir gegenüber."

Sie unterbrach ihr Geständnis und trank einen Schluck Tee.

Der Pfarrer erzählte die Geschichte weiter.

„Ich hatte zwar bemerkt, dass da etwas zwischen den beiden war, aber ich wollte mich nicht unbedingt einmischen. Dolores war noch so jung und kannte ihren Platz im Leben noch nicht. Ich dachte, sie würde zu mir kommen, wenn es an der Zeit wäre. Aber leider kam sie viel zu spät, und ich machte mir schreckliche Vorwürfe."

Mrs Krumm legte dem Pfarrer die Hand auf den Arm und berichtete über das unschöne Ende ihrer Affäre.

„Ich war hin und her gerissen. Er wollte die Kirche verlassen und ins Ausland flüchten. Die Wellen um seine Desertation hatten sich gelegt, und man suchte nicht mehr nach ihm. 1915 gab es andere Probleme, als nach einem Flüchtigen zu suchen. Am Weihnachtstag des Jahres 1915 wollten wir zusammen fortgehen. Jedenfalls versprach er mir das und meinte noch, ich solle ja nichts verraten. Wie dumm ich doch war. Dieser Mann hatte mich vollkommen in der Hand. Er schickte mich aus der Kirche fort, um meine Sachen zu packen und am nächsten Morgen wollten wir gehen. Aber es kam dann doch anders. Ich fühlte mich inzwischen sehr wohl mit meiner Arbeit bei unserem Pfarrer, und es kam mir nicht recht vor, einfach zu gehen. Also erzählte ich ihm davon. Es war wie eine Beichte für mich. Eine schwere Last schien von meinen Schultern zu fallen. Herr Pfarrer nahm mich bei der Hand und meinte, wir gehen jetzt zu ihm in die Sakristei und sprechen darüber. Er meinte, wir würden eine bessere Lösung finden, die es uns erlaubte zu heiraten und in England zu bleiben."

Mrs Krumm liefen inzwischen Tränen über das Gesicht.

Sie war aufgewühlt.

Beanstock zückte eines seiner Taschentücher, stellte aber zu seiner großen Befriedigung fest, dass die Hausdame selbst eines hervornahm. Seufzend dachte er an den Taschentuchverschleiß, den er auf Parsley Manor hinnehmen musste.

Den Rest der Erzählung übernahm der Pfarrer.

„Sehen Sie, als wir die Kirche betraten, bemerkten wir bereits vom Gang aus, wie dieser Herr unsere Gutmütigkeit honoriert hatte. Die Silberleuchter und der Pokal mit dem Silberportal auf dem Altar waren fort. Die Kollekte aus der Sakristei und eines meiner sehr wertvollen Gewänder waren verschwunden. Als schlimmstes Sakrileg empfinde ich aber, dass er das vergoldete Kruzifix vom Altar mitgenommen hatte. Mir ist bis heute unverständlich, wie dieser Mann uns so täuschen konnte. Dolores war außer sich vor Schmerz.

Ich konnte unmöglich die Polizei verständigen. Sie hätten Dolores sofort verhaftet. Und meinem Vorgesetzten gegenüber konnte ich es auch nicht beichten. Das hätte uns ruiniert. Also tat ich das einzig Mögliche. Ich ersetzte die Leuchter durch eine silberne Replik, kaufte einen ähnlichen Kelch und ein ähnliches Kruzifix aus Holz und malte alles mit Silberfarbe an. Das Fehlen meines wertvollen Gewandes würde nicht auffallen. Und durch meine dilettantische Malerarbeit sah alles recht alt und patiniert aus. Im Laufe der Jahre haben wir dann von unserem Geld immer mal ein Stück durch ein echtes ersetzt. Der Kirche ist also kein Verlust entstanden. Das war unser Verbrechen.

Dolores gehörte damals bereits zu *Daisy Chain* und ich empfahl ihr, die Sache dort zu hinterlegen. Ich nahm an, es könnte nicht schaden. Aber, wie man nun sieht, kann es das doch."

# Die Geister des Langham Hotels

Beanstock und Gonzales saßen im *Smoking Snooper* und blickten still in ihre Gläser. Vor den Fenstern des Pubs dämmerte der Wintertag.

Nachdem sie die beiden alten Leutchen in der Church Street verlassen hatten, waren sie noch einmal zu der Wohnung des Privatsekretärs gefahren, hatten aber erneut niemanden angetroffen. Das empfand Beanstock als sehr frustrierend, zumal er keinen Schritt vorangekommen war.

Zumindest konnte er sicher sein, dass der Hausdame Mrs Krumm nichts zustoßen würde, nachdem die Sachlage geklärt worden war. Er atmete tief ein und seufzte.

Gonzales sah von seinem leeren Glas auf und den Butler bedauernd an.

„Ich bin froh, dass dem netten Pfarrer und Mrs Krumm nichts passieren wird. Das ist doch ein Erfolg, Señor Beanstock, nicht wahr?"

Beanstock sah ihn traurig an und schob ihm einige Geldstücke hinüber, um noch etwas zu trinken von der Theke zu holen.

„Für mich einen Tee, Gonzales, und fragen Sie nach ein paar Sandwiches."

Der Chauffeur machte sich auf den Weg zu Big Jim, der, wie immer grummelnd, hinter seiner Theke stand und Gläser polierte. Fennie war heute nicht anwesend und sofort wirkte der Pub weniger gemütlich.

Big Jim stellte die bestellten Getränke und einen Teller mit Sandwiches auf ein Tablett und schob es Gonzales über die Theke. Nachdem Big Jim sein Geld hatte, musste er natürlich noch einen Spruch loswerden.

„Und sagen Sie dem feinen Herrn, wir sind hier nicht beim High Tea in einem Club." Gonzales verstand nichts von den Worten. Am Tisch angekommen fragte er sofort Beanstock danach.

„Der High Tea, Gonzales, wird in der feineren Gesellschaft gern genommen. Er wird immer an einem Tisch serviert, daher der Name High Tea. Ansonsten serviert man den Tee auch ohne Tisch, mit einer Serviette auf dem Schoß, eher zwanglos. Zu dem High Tea gehören immer eine Auswahl an Kuchenstücken und Gurkensandwiches sowie natürlich ein Glas Champagner. Ich denke nicht, dass man so etwas hier erwartet hätte. Darum verstehe ich Big Jim nur bedingt."

Gonzales hatte den Worten des Butlers fasziniert gelauscht.

„Fantástico, Señor, Sie sind wie ein laufendes Lexikon."

„Das lernt man auf der Butlerschule Señor Gonzales. Das *Langham* war berühmt für das Zelebrieren dieser Teetradition", fügte Beanstock an und wurde nachdenklich. Die beiden Herren griffen zu den Sandwiches und verfielen erneut in Schweigen.

Gonzales schmunzelte. Die kleine Fennie war ein hübsches Ding. Aber Big Jim sollte man nicht unterschätzen. Vielleicht wäre es die Mühe nicht wert. In Parsley Field gäbe es auch hübsche Mädchen. Lizzy zum Beispiel, das

182

neue Hausmädchen auf Parsley Manor, tiefschwarze Haare und ein Funkeln in den Augen. Sie hat Temperament, das steht fest. Aber vor den Augen des Butlers? Nein lieber nichts riskieren. So einen Job würde man nicht so einfach bekommen. Ach, da wäre ja auch noch das Auto. Der Zustand des Motors ist nicht optimal. Wo würde er einen neuen Motor bekommen? Wenn er endlich ordentlich funktionieren würde, könnte er eine Dame zum Picknick bitten. Das macht man in England, hatte er gehört.

Beanstock stellte sich in Gedanken ganz andere Fragen.

Warum mussten es Selbstmorde sein?

Wieso waren die Opfer Dienstboten?

Alles hatte im *Langham* Hotel mit dem Einbruch bei *Daisy Chain* begonnen. Der Mörder oder die Mörderin müssen mit *Daisy Chain* verbunden sein. Derjenige, der diese Morde beging, ist oder war also ebenfalls ein Dienstbote. Aber wo war das Motiv?

Hatte er seine Akte bei dem Einbruch ebenfalls mitgenommen? War da etwas in der Vergangenheit, das eine derartige Wut hervorgebracht hatte und zu diesen Morden führte? War es so einfach? Rache, das älteste Motiv der Welt? Warum jetzt?

Und dann war da noch dieses Lied? *It´s only a Papermoon*, ein Tanzlied aus dem Jahre 1932. Es ist nur ein Papiermond, der über einem Meer aus Karton schwebt, hieß es im Text. Der Mörder hatte es offenbar an den Tatorten gepfiffen, und er selbst hatte es in der Baker Street gehört. Das gewisse Ereignis, das zu diesem Rachefeldzug geführt hatte, konnte also nur nach dem Jahr 1932 passiert sein, da zu diesem Zeitpunkt das Lied veröffentlicht wurde. Das hatte der musikalische Constable sagen können.

Die Baker Street war nicht sehr weit vom *Langham* Hotel. Immer wieder führten die Gedanken zu diesem Hotel.

Vielleicht hatte der Mörder im *Langham* gearbeitet und in dem wundervollen Ballsaal zu dieser Melodie getanzt oder die Mörderin hatte dort eine Affäre mit einem Herrn und es ging tragisch aus. Spekulationen, nichts als Spekulationen, die zu nichts führten.

„Wir fahren zum *Langham*, Gonzales", kam es etwas lauter als gewollt von Beanstock. Gonzales schreckte aus seinen Gedanken und verschluckte sich an dem letzten Sandwichstück. Beanstock klopfte ihm auf den Rücken.

Nachdem der Chauffeur Beanstock abgesetzt hatte, sollte er in die Baker Street zurückkehren.

Und wieder stand Beanstock vor dem alten Hotel. Er sah an der von den vielen Bombensplittern verwundeten Fassade entlang und fragte sich, was er übersehen hatte. Er stieg die Stufen zur Hintertür hinauf und drehte den Türknauf. Es war abgeschlossen. Natürlich. Niemand erwartete ihn und Mr Clemm war auch nirgends zu sehen.

Er ging zum Vordereingang des Hotels. Vielleicht konnte er dort hinein. Die öffentlichen Telefone waren immer noch nicht alle wiederhergestellt, und er konnte in der Nähe des Hotels keine der roten Telefonzellen entdecken.

Auf dem Weg sah er sich nach einem Pub um, vielleicht konnte er von dort Mr Black anrufen.

Der Abend kam schnell und kleine zarte Flocken schwebten vom Himmel. Eine seltsame unnatürliche Stille lag über dem Hotel. Die BBC schien wirklich die Absicht zu haben, das Gebäude aufzugeben. Die Fenster waren dunkel, als er am Vordereingang stand und nach oben sah.

Nichts rührte sich am Eingang. Er ging durch das mit eckigen Säulen geschmückte Portal und stieg die Stufen zum Eingang hinauf.

Seine Hände nah an der Tür, blickte Beanstock durch die staubigen Glastüren in die verlassene Lobby. Die Tür gab nach. Und mit einem Mal stand er in der Empfangshalle des *Langhams*. Wie war das möglich? Er wollte nicht glauben, dass Mr Clemm so unaufmerksam gewesen sein könnte. Vielleicht waren ja doch noch Angestellte der BBC im Haus und arbeiteten in einem der Büros oder Aufnahmestudios. Aber wieso hatte er dann in keinem der vielen Zimmer Licht sehen können?

Beanstock tastete sich langsam voran. Es war schummrig in der Lobby. Das einzige Licht kam von den Straßenlaternen und auch das wurde diffuser, da der Schneefall dichter wurde.

Er stieg die fünf Stufen hinauf in die Vorhalle. Die riesigen Marmorsäulen sahen etwas angegraut aus und in einer Ecke hatte man Möbel gestapelt.

Durch die hohen Türen konnte Beanstock in die angrenzenden Salons sehen. Wenn er sich richtig erinnerte, war damals auf der rechten Seite der lange Empfangstresen des Concierge zu finden gewesen.

Wo hatte sich der große Ballsaal befunden? Er nahm an, in der ersten Etage. Als er einmal als junger Butler einen Brief im *Langham* Hotel abgeben musste, hatte er nur kurz einen Blick in die vielfältigen Salons des traditionsreichen Hotels werfen können. Nun sah alles ganz anders aus. Im schummrigen Licht erkannte er das Hotel kaum wieder.

Nur an die riesigen Säulen mit den vergoldeten römischen Kapitellen und der weißen Kassettendecke im Ballsaal konnte er sich erinnern. Paare hatten sich im Takt der Musik gedreht. Die feine Gesellschaft tanzte zu den neuesten Melodien. Die Damen in glänzenden Kleidern mit Federn im Haar und glitzerndem Schmuck an Hals und Arm, die Herren im dunklen Frack oder Smoking.

Fast konnte er die Musik hören und die Paare tanzen sehen. Er vernahm das Klappern des Geschirrs und sah Kellner funkelnde Kristallgläser mit Champagner servieren. Aber wo war der Ballsaal? Er sah sich um und ging langsam in Richtung der Treppen, die hinauf in die Etagen führten und sich nach seiner Erinnerung neben den Lifts befanden.

Hier hatte es damals sogar eine eigene Poststelle gegeben. Man hatte in der Eingangshalle Schalter für den Verkauf von Opernkarten gehabt. Sogar eine Fahrt mit dem Orientexpress oder dem Ozeanriesen Majestic der White Star Line nach Übersee hatte man hier buchen können. Das *Langham* Hotel war eine kleine eigene Welt inmitten der Londoner Metropole gewesen.

Man hätte das Hotel niemals verlassen müssen, um sich zu amüsieren. Dieser Meinung war wohl auch die junge Schriftstellerin gewesen, die viele Jahre im *Langham* Hotel gelebt und geschrieben hatte. Beanstock hatte diese Geschichte von einem der Angestellten des Hotels erfahren. Jeden Morgen mussten schwarze Rosen in ihr Zimmer ge-

186

bracht werden, und wenn sie ihre Romane schrieb, lag sie stets in dem riesigen Bett, ließ das Zimmer abdunkeln und stellte Kerzen auf, um in Stimmung zu kommen. Sie war ein Paradiesvogel des 19. Jahrhunderts gewesen.

Beanstocks Schritte hallten laut auf dem Marmorfußboden. Wenn man weiter geradeaus ging, erreichte man den so genannten Palm Court. Hier hatte man den High Tea genommen, nach dem Gonzales gefragt hatte. Das war vor dem Krieg der Inbegriff des Luxus gewesen. Durch das verglaste, nun schmutzig graue Oberlicht fiel diffuses Licht in den Salon. In früheren Zeiten war das ein lichtdurchfluteter wunderschöner Ort mit hoch gewachsenen Palmen in Kübeln. Palmen gab es hier seit langem nicht mehr.

Er sah den Aufzug, ein Wunderwerk der Technik zur damaligen Zeit. Er erinnerte sich, dass ein alter Nachtportier in einen der Aufzugschächte gestürzt und gestorben war. Es gab viele Geister im *Langham* Hotel.

Er hörte ein leises Geräusch, ein Knistern drang an sein Ohr. War der Mörder einer der Geister des Hotels? Beanstock hatte bereits einen Fuß auf der steinernen Treppe, zog ihn nun zurück und ging in die Richtung, aus dem das Geräusch gekommen war.

Es knisterte erneut.

Leises Trippeln kam aus einer anderen Richtung. Das war eine leichte detektivische Aufgabe. Wahrscheinlich hatte eine Mäusefamilie die Gunst der Stunde genutzt und das Hotel zu ihrem neuen Familiensitz erkoren. Wer konnte es ihnen verdenken bei diesen kalten Temperaturen.

Er sah vorsichtig durch die Tür in einen der Salons.

Im Hintergrund erahnte man die geschwungene Form eines Bartresens. Es standen sogar noch ein paar verstaubte Flaschen im Regal dahinter. Überall konnte er mit Laken verdeckte Möbel sehen.

Da war wieder dieses eigenartige Geräusch. Hinter dem Tresen erhob sich ein Schatten. Beanstock duckte sich. Der Schatten erstarrte und sah in seine Richtung.

Eine Taschenlampe kam hinter dem Tresen hervor und beleuchtete die gespenstische Szenerie.

„Wer zum Teufel ist da? Hier gibt es nichts zu holen, wenn ich das bemerken darf. Es lohnt sich nicht, der Safe ist leer!"

Beanstock kam aus seinem Versteck und ging auf den Schatten zu, der sich als Edgar Clemm herausstellte.

„Mr Beanstock? Wie sind Sie hier hereingekommen? Ich dachte nicht, dass noch jemand da wäre?"

„Bitte entschuldigen Sie mein Eindringen, Mr Clemm, der Seiteneingang war geschlossen und ich fand die Vordertür offen vor. Ich wollte nachsehen, ob Mr Black noch im Obergeschoß ist. Er weiß nichts von meinem Kommen."

Der Hausmeister griff nach unten und nahm eine alte abgegriffene Ledertasche vom Boden auf. Dann kam er hinter dem Tresen hervor.

„Ich dachte, wenn das Haus leer ist, habe ich endlich einmal Zeit, ein paar Mausefallen aufzustellen. Wir haben hier ein kleines Nagetierproblem, seitdem es draußen kälter geworden ist." Er nahm eine der hölzernen Fallen aus der Tasche und zeigte sie dem Butler.

„Meine Erfahrung mit dem knabbernden Volk hat mich

gelehrt, dass die meisten Mäuse schlauer sind, als man denken sollte. Was verwenden Sie als Köder?" Beanstock sah sich interessiert die Fallen an.

„Natürlich ein Käsestück. Was nehmen Sie denn?"

„Ich empfehle geräucherten Käse und wenn der nicht greifbar ist, halten Sie den Käse einmal über eine Kerzenflamme, das genügt auch. Der Duft muss den kleinen Störenfrieden in die Nase fahren, verstehen Sie?"

Mr Clemm schien keinesfalls überzeugt zu sein und musterte seine Falle und dann Mr Beanstock.

„Na kommen Sie, wir wollen sehen, ob Mr Black noch oben ist. In der Halle steht ein Haustelefon unter dem alten Tresen."

Er ließ es klingeln, aber niemand nahm den Hörer ab.

Der Hausmeister zuckte mit den Achseln.

„Niemand da, da müssen Sie morgen nochmals anklingeln. Ich bringe Sie hinaus und schließe die Tür ab, möchte wissen, wer die wieder offengelassen hat. Vielleicht arbeiten in den Büros doch noch BBC Leute."

„Gibt es denn hier kein Licht im Moment? Ich wundere mich nur über Ihre Taschenlampe, Mr Clemm."

Der alte Hausmeister schüttelte nachdenklich den Kopf.

„Komische Sache, vor einer Stunde ging das Licht im gesamten Haus aus. Ich denke, es ist mal wieder ein Problem der Stadt. Wir hatten schon einige Male Stromausfälle. Aber die Telefone funktionieren ja zum Glück trotzdem. Ich werde später noch einmal in den Keller gehen und nachsehen."

Der Hausmeister hielt plötzlich inne.

„Wissen Sie Mr Beanstock, ich bin ja die meiste Zeit hier

in dem großen Haus ganz allein. Was halten Sie von einem guten Tropfen zum Feierabend?"

Beanstock hätte sich lieber zurückgezogen und wäre seine Notizen nochmals durchgegangen. Er wusste in seinem Innersten, dass er etwas übersah. Irgendwo in einer unbeleuchteten Ecke seines Gedächtnispalastes hatte er eine Information abgelegt, die ihn weiterbringen könnte. Aber er hatte diese Ecke noch nicht gefunden.

Doch Weihnachten stand vor der Tür. Warum sollte er dem alten Herrn die Bitte abschlagen. Er lächelte dem Hausmeister zu und nahm die Einladung dankend an. Vielleicht erfuhr er von ihm noch einige interessante Details über das *Langham* Hotel. Nachdem er die Vordertür abgeschlossen hatte, ging Mr Clemm mit der Lampe voran.

„Kommen Sie, ich kann Ihnen etwas Zauberhaftes zeigen."

Sie gingen zu einer der Treppen und stiegen vorsichtig, um in der Dunkelheit nicht zu stolpern, die steinernen Stufen hinauf.

Der Hausmeister machte den Butler auf die wunderbare Tatsache aufmerksam, dass sich im Zwischengeschoß vor langer Zeit die Küchen und Patisserien befunden hatten. Mr Clemm kam ins Schwärmen. Er erzählte von den Kunstwerken, die vor dem Krieg entstanden waren. Unzählige dienstbare Geister waren hier tätig gewesen. Durch diese Flure wurden einst riesige Tortengebilde geschoben.

Sie erreichten die erste Etage.

Mr Clemm öffnete langsam eine hohe zweiflügelige Tür und was Beanstock dann sah, verschlug ihm den Atem.

Gonzales fuhr, eine Melodie auf den Lippen, durch das abendliche London. Auf dem Rücksitz des Bentleys stapelten sich bunt verpackte Pakete. Bevor er vor einigen Tagen Parsley Manor verließ, hatten ihm die dienstbaren Geister des Hauses eine lange Liste mit Aufträgen übergeben. Alle hofften, dass die beiden Herren doch noch pünktlich zum Fest zurück sein würden.

Mrs Argyle hatte Gonzales etwas zugeflüstert, ohne dass der Butler es bemerkt hatte. Man würde ein paar Tage warten mit der Weihnachtsfeier, wenn sie wirklich nicht zurück sein würden. Das durfte der Butler nicht erfahren. Er würde es sofort mit den Worten ablehnen, dass ein Weihnachtstag nicht verschoben werden könne. Das war ein fester Termin im Kalender und es wäre unsinnig diesen zu verändern.

Gonzales versprach Mrs Argyle anzurufen, bevor sie die Heimreise antraten.

London war eine wunderschöne Stadt, trotz der vielen Wunden, die der Krieg geschlagen hatte. Aber Parsley Manor war Parsley Manor und dorthin sehnte er sich zurück.

Gonzales dachte an seine Heimat Spanien. Er konnte sich kaum noch erinnern, wie die Weihnachtstage dort abgelaufen waren. Seine Eltern waren einfache Bauern gewesen und hatten sich für ihren Grundherrn tot geschuftet. Die Erinnerung verblasste von Jahr zu Jahr.

An einen Weihnachtstag erinnerte er sich genau. Der kleine Gonzales hatte sich so sehr ein rotes Spielzeugauto gewünscht. So ein glänzendes rotes wunderschönes Auto mit schwarzen Rädern und einem Lenkrad, an dem man drehen konnte, wie er bei es dem Sohn des Grundherrn gesehen

191

hatte. Seine Eltern hatten wahrscheinlich das ganze Jahr dafür gespart. Dann stand es da, und seine Mutter hatte Tränen in den Augen, als sie sah, wie glücklich ihr Kind war.

Er war schon lange nicht mehr in dem kleinen Dorf gewesen. Lange vor dem Krieg hatte es ihn bereits nach England verschlagen.

Als 1936 General Franco an die Macht kam, hatte er sein Heimatland verlassen. Er hatte sich in den Jahren davor eine kleine Werkstatt eingerichtet und Automobile repariert.

Aber im September des Jahres 1936 ging sein Lebenswerk in Rauch auf. Er hatte sich auf die Seite der Gegner des Diktators gestellt und damit die Aufmerksamkeit des Militärs erregt. Als er damals vor den rauchenden Trümmern seiner Werkstatt stand, hatte er gedacht, sein Leben sei zu Ende.

Eine Familie hatte er nicht mehr und seine Freunde waren durch den Terror in alle Himmelsrichtungen verstreut oder hatten sich dem Widerstand angeschlossen. Er war nach London geflüchtet und hatte sich als Taxifahrer über Wasser gehalten. Dann war der Krieg nach England gekommen.

1940 hatte er sich der Long Range Desert Groop in Nordafrika angeschlossen. Diese Einheit war für die Beobachtung der feindlichen Aktivitäten zuständig, sowie für die Erkundung von Nachschubwegen. Als Stützpunkt hatte man damals die Oase Siwa in der Wüste besetzt.

Gonzales musste lächeln. Er hatte sofort die Verantwortung für den Fuhrpark übernommen und das war eine mehr als große Herausforderung. All der viele Wüstensand, der den Autos und Lastwagen zusetzte, war eine nie endende

Aufgabe. Er fuhr damals einen Jeep. Der Wagen hatte ihn niemals im Stich gelassen. Aber eines Tages war er dann doch am Ende und musste im Sand der Sahara zurückbleiben. Armer Willy. Gonzales hatte ihn immer so genannt, weil es ein Jeep vom Typ Willy MB gewesen war.

Zu dieser Zeit hatte er Sir Percival kennen gelernt. Er hatte ihn oft chauffieren dürfen und mehr als einmal aus brenzligen Situationen gebracht.

Nach dem Krieg erinnerte sich Sir Percival an seinen ausgezeichneten Fahrer und bot ihm die Stelle auf Parsley Manor an. Gonzales fühlte sich sehr wohl, und das war für ihn die Familie, die er nicht mehr hatte.

Der Bentley bog in die Baker Street ein.

Nachdem er den Wagen am Straßenrand abgestellt hatte, nahm er die Pakete vom Rücksitz und ging die Stufen zu dem schmalen Haus hinauf. In diesem Moment flog die Tür auf und Lucinda sprang ihm schluchzend in die Arme. Die Pakete flogen nach allen Seiten davon.

„Hola mi pequeña, was ist denn geschehen?"

„Meine Oma, meine arme Oma, ich glaube, es geht ihr nicht gut, und ich weiß nicht was ich tun soll!"

Die Kleine zog den Chauffeur ins Haus, nachdem sie die Pakete aufgesammelt hatten.

„Wo ist denn deine Oma?"

„Sie liegt im Salon!"

Lucinda hüpfte aufgeregt um den Chauffeur herum.

Aber Gonzales hätte gar nicht fragen müssen. Er hörte bereits den keuchenden Husten. Mrs Parish lag blass und verschwitzt auf dem Sofa. Lucinda hatte versucht Tee für sie zu machen, aber sie wollte nicht trinken.

Gonzales hielt die Handfläche gegen die Stirn der Kranken.

„Hm", brummte er.

Lucinda sah von ihrer Oma zu ihm.

„Was ist denn mit ihr? So hat sie lange nicht gehustet. Ist es sehr schlimm Mr Gonzales? Können Sie ihr helfen?"

„Hm", brummte er erneut. „Da muss ein Arzt her. Sie hat hohes Fieber. Wo finden wir hier den nächsten Arzt, mein Kind. Wo bleibt Mr Beanstock, wenn man ihn braucht?"

Gonzales sah im Telefonbuch nach und fand einen Arzt in der Nähe der Baker Street. Aber als er dort anrief, erklärte man ihm, dass Dr. Simmons, Zahnarzt sei. Man riet ihm, ins nächste Hospital zu fahren.

Also zogen die beiden mit viel Mühe Mrs Parish einen Mantel an und setzten ihr den Hut auf den Kopf, denn Mrs Parish ging niemals ohne Hut aus dem Haus, erklärte Lucinda mit erhobenem Zeigefinger.

Dann verfrachteten sie die röchelnde Mrs Parish in den Bentley. Gonzales nahm den Schlüssel vom Bord, schloss das dünne Haus ab und stieg in den Wagen zu Lucinda und ihrer Oma. Mrs Parish lamentierte lautstark, dass sie nicht ins Hospital wolle, gefolgt von einem keuchenden Hustenanfall und Tränen. Aber Gonzales startete den Motor und schoss durch die Baker Street. Glücklicherweise gab es ein Hospital in der Westmoreland Street, also nicht weit von der Baker Street.

So erreichten sie das Hospital bereits nach einigen Minuten.

194

Mit quietschenden Reifen hielt der Wagen vor dem Eingang. Gonzales stützte Mrs Parish. Lucinda hielt schluchzend ihre Hand fest. Bevor eine Schwester sich ihrer annahm, drehte sich Mrs Parish zu Gonzales um und flüsterte ihm etwas ins Ohr.

„Señora Parish, bitte machen Sie sich keine Sorgen. Ich kümmere mich um Lucinda, versprochen."

Dann legte man Mrs Parish auf eine Rollliege und sie verschwand durch eine Doppeltür. Lucinda klammerte sich an Gonzales fest. Er nahm sie in den Arm und führte sie zu einer Bank.

„Jetzt warten wir auf den Arzt. Man wird sich sicher gut um deine Oma kümmern. Hab keine Angst, es wird alles wieder gut."

Aber in seinem Innersten dachte er etwas Anderes. Mrs Parish hatte bereits seit Tagen schlimm gehustet. Er hatte es immer wieder gehört, wie sie mitten in der Nacht nach unten ging, um die Kleine nicht zu wecken. Was würde aus dem Kind werden, wenn sie nicht mehr da wäre? Sie hatte doch niemanden mehr. Gonzales legte den Arm um das schluchzende Kind und streichelte ihren Kopf.


Sie hingen noch dort oben. Die Kristalle funkelten im Taschenlampenlicht wie tausende Sterne.

Der große Ballsaal.

Hier war er und Beanstock konnte fast die Musik hören zwischen den dicken Marmorsäulen. Die Tische standen zusammengeräumt in einer Ecke und waren mit weißen Tüchern abgedeckt, bereit zum Abtransport. Viele Möbel waren bereits fort, erzählte der Hausmeister mit wehmütiger Stimme. Die BBC wollte sich damit nicht belasten und verkaufte, was nur irgend ging.

„Wussten Sie, dass das Hotel mehr als 30 Klaviere und Flügel beherbergte, Mr Beanstock? Ja, so war es, es war nicht nur ein Hotel, es war wie ein kleines Königreich."

Mr Clemm bedeutete Beanstock ihm zu folgen.

Es gab hier eine Bar, in der bunte Drinks für die Damen und harte Sachen für die Gentlemen gemixt worden waren. Mr Clemm ging hinter den Tresen, legte die Taschenlampe in eine Schüssel, so dass sie gen Himmel zeigte und die Szenerie gespenstisch beleuchtete. Dann bückte er sich und förderte zwei Gläser zutage. Beanstock hörte ein Schloss knacken und Clemm zauberte eine Flasche herbei.

„Das ist ein guter Whisky, Mr Beanstock, ein Geschenk vom Chef, dem momentanen Chef. Wer weiß schon, wer hier bald das Sagen haben wird. Ich lasse die Flasche hier stehen. Manchmal sehe ich mir gern diesen alten Saal an, wenn niemand mehr im Haus ist und fühle mich zurückversetzt in die bessere Zeit."

„Waren Sie immer schon Hausmeister im *Langham*, Mr Clemm?"

Die Herren prosteten sich zu.

„Oh nein, wo denken Sie hin. Ich war hier Rezeptionist in der Haupthalle."

Stolz schwang in seiner Stimme. Man konnte fühlen, wie sehr er sich zurücksehnte.

„Sie müssen viele Dinge erlebt haben in all den Jahren vor dem Krieg."

Beanstock hoffte hilfreiche Informationen zu bekommen.

„Ja, das kann man meinen. Es gab hier die tollsten Dinge."

Er berichtete ausgiebig über die luxuriösen Suiten, die Bäder, die Salons und die Dining-Rooms. Er erzählte von den Bällen und Hochzeiten, die hier stattgefunden hatten, von dem Aufwand, der betrieben wurde. Er erzählte von seltsamen Wünschen der Gäste, wie diesem Scheich aus dem fernen Arabien, der seinen halben Harem dabeihatte und nur bestimmte Speisen zu sich nahm.

„Es war schon eine verrückte Zeit." Der alte Hausmeister schüttelte abwesend den Kopf.

„Dann haben Sie doch sicher auch einige weniger gute Dinge erlebt oder?", versuchte es Beanstock erneut.

„Ja, das gab es natürlich auch. Ich erinnere mich sehr genau an eine Sache. Damals war noch der andere Mr Black hier oben im Turm. Es ging um ein Zimmermädchen. Sie hatte sich über einen Gast beschwert, einen russischen Diplomaten, der sie unsittlich berührt haben soll. Eine wirklich unschöne Geschichte. Ich musste damals mit dem Herrn sprechen, kam aber zu dem Schluss, dass nichts passiert sei und das Mädchen wohl überreagiert haben musste. Ein schwerwiegender Fehler meinerseits war das."

Mr Clemm senkte schuldbewusst sein Haupt und nahm noch einen großen Schluck von dem goldgelben Whisky.

„Was war passiert?", fragte Beanstock.

„Ich meinte, da der Diplomat am nächsten Tag abreisen wollte, würde die Sache im Sande verlaufen und hatte dem Dienstmädchen - Annabell hieß sie, ja genau - was für ein hübsches Mädchen, ich riet ihr Mr Black die Sache vorzutragen. Das tat sie auch, aber auch er beruhigte sie und unternahm nichts. Es war furchtbar."

In den Augen des Mannes erschienen Tränen.

„Sie ist aus dem Fenster ebendieser Suite gesprungen. Sie hat keinen Ausweg gewusst. Wir sind schuld, dass sie das getan hat, Mr Beanstock."

Beanstock war erschüttert. Er fühlte, wie aufgewühlt Mr Clemm war und schenkte ihm noch einmal ein.

„Aber Sie tragen sicher keine Schuld. Warum vertraute sich Annabell nicht ihrer Familie an? Manchmal hilft es einfach zu reden. Oder tat sie es?"

„Sie hatte keine Familie. Sie hatte nur ihren Verlobten."

„Ihren Verlobten? Wer war das, hat er auch hier gearbeitet?"

„Lassen Sie mich überlegen. Ja, das hat er wohl. Er war Kellner im Ballsaal. Das weiß ich deshalb so genau, weil ich die beiden einmal erwischt habe, wie sie im Ballsaal getanzt haben. Natürlich ging das nicht, das Personal kann nicht einfach im Ballsaal tanzen. Ich verwarnte sie, habe es aber nicht weitergemeldet. Sie waren doch noch so jung. Ich konnte das irgendwie verstehen. Ich glaube, dafür waren sie mir dankbar. Die Geschichte mit diesem Diplomaten passierte gut ein halbes Jahr später."

„Aber war das wirklich der Grund für ihren Selbstmord? Ich kann das nicht begreifen. Meinen Sie nicht, dass da noch etwas Anderes im Spiel war?"

Mr Clemm zuckte die Achseln.

„Ich sprach mit dem damaligen Mr Black, ein sehr feiner

Herr, sehr gebildet und immer auf korrekte Kleidung bedacht, war wohl mal Butler gewesen. Nichts für ungut, Mr Beanstock."

Beanstock neigte leicht den Kopf und lächelte.

„Aber in manchen Dingen war er überkorrekt und etwas eigensinnig. Unser heutiger Mr Black ist schon ein anderes Kaliber, nicht wahr? Nett, etwas verrückt mit seiner bunten Kleidung, aber immer hilfsbereit, und ich habe mich damals sehr gefreut, als er Priscilla Pruster als Sekretärin übernahm. Sie war ja auch vollkommen fassungslos, als der alte Mr Black plötzlich starb und dann auf so schreckliche Weise."

Beanstock stutzte.

Ihm fiel plötzlich etwas ein, das er heute schon einmal gehört hatte. *Der Bunte ist nicht da!* hatte man aus dem Fenster zu ihm gerufen und man meinte damit Mr Laurentius. Laurentius war Mr Black!

„Wie ist der alte Mr Black gestorben?"

Mr Clemm überlegte, wie er es ausdrücken sollte.

„Er war schon einige Zeit krank gewesen, Schwindelanfälle und solche unangenehmen Dinge. Es war eine kalte Winternacht und sein Gasofen funktionierte nicht richtig. Er machte ein Feuer im Kamin und dabei muss ihm schlecht geworden sein, und er fiel ins Feuer. Es muss ein schrecklicher Anblick gewesen sein. Seine Aufwartefrau fand ihn am nächsten Morgen und schrie die gesamte Nachbarschaft zusammen."

In Beanstocks Kopf erschien ein furchtbarer Verdacht. Es konnte nur einen Menschen geben, der über all die Dinge immer informiert gewesen war. Aber warum nach der langen

Zeit und was war das eigentliche Motiv? Darüber war er sich noch nicht im Klaren.

Es raschelte im Hintergrund und die beiden sahen sich um. Mr Clemm griff zu der Taschenlampe und ließ sie durch den Raum tanzen. Aber es war nichts zu sehen.

„Verdammte Mäuse", schimpfte er.

Wie von Zauberhand ging das Licht an. Beanstock kniff wegen der plötzlichen Helligkeit die Augen zusammen. Aber sie hörten noch etwas Anderes. Vom Flur her durch die offenen Flügeltüren schwebte eine leise Melodie durch den Saal. Es hörte sich nach einer Schallplatte an.

*It's only a Papermoon*, Beanstock erkannte das Musikstück sofort.


Die Schritte des sich nähernden Arztes hallten laut und wie Paukenschläge auf dem leeren Flur des Hospitals. Lucinda stöhnte auf und klammerte sich ganz fest an Gonzales. Es war sehr spät geworden, sicher bald Mitternacht.

Der Arzt setzte sich zu dem kleinen Mädchen und versuchte mit ruhiger Stimme auf das Kind einzureden.

„Im Moment geht es deiner Oma etwas besser. Das Fieber ist noch sehr hoch. Wir werden sie hierbehalten müssen. Morgen kannst du nach ihr sehen und dann reden wir noch einmal."

„Was hat meine Oma denn? Ist es der Husten?"

Der Arzt sah Gonzales unruhig an.

„Seit wann hat sie diesen Husten?"

„Ich weiß nicht genau, aber bestimmt schon ein paar Wochen."

„Wie ihr vielleicht gehört habt, hatten wir am 6. Dezember für drei Tage eine katastrophale Wetterlage mit sehr viel Smog in London. Dadurch ging es vielen Menschen sehr schlecht. Ich denke, das war der Auslöser bei deiner Oma. Sie hätte viel früher zum Arzt gehen müssen. Aber wir werden das sicher hinbekommen", fügte er schnell hinzu, als er das schmerzlich verzerrte Gesicht des kleinen Mädchens sah.

„Nun gehst du nach Haus und schläfst und machst dir keine Sorgen. Wer kümmert sich denn um dich? Sind Sie ein Verwandter des Kindes?", wandte sich der Arzt an Gonzales.

Lucinda sah ihn flehend an und formte mit ihren Lippen eine Bitte.

Gonzales räusperte sich.

„Ja, das könnte man sagen, ich wohne im Moment bei Lucindas Tante und es gibt auch noch den Onkel Beanstock. Das Kind ist versorgt."

Der Arzt sah Gonzales zweifelnd an.

„Onkel Beanstock? Ein seltsamer Name für einen Onkel oder?"

Lucinda sprang sofort ein und verkündete: „Natürlich mein Onkel Beanstock, so darf nur ich ihn nennen. Ich weiß auch nicht, als ich noch sehr klein war, habe ich ihn schon so genannt."

Der Arzt gab sich schließlich damit zufrieden und verabschiedete sich.

Lucinda atmete auf. Sie kuschelte sich an den Chauffeur und dankte ihm leise.

„Die stecken mich doch sonst in ein Waisenhaus oder schicken ein Kindermädchen, ich weiß nicht, was schlimmer ist."

Danach gähnte sie ausgiebig und kuschelte sich noch enger an Gonzales. Der Chauffeur nahm sie vorsichtig auf den Arm, trug sie zum Wagen und fuhr mit ihr zurück in die Baker Street. Im Rückspiegel sah er das schlafende Mädchen und versuchte nicht daran zu denken, dass Lucinda wohl wirklich in ein Waisenhaus gehen musste, aber heute noch nicht, versprach er sich selbst.

Als sie das Haus in der Baker Street erreichten, lag es immer noch so still und dunkel da, wie sie es verlassen hatten.

„Wo sind Sie nur so lange, Mr Beanstock?", flüsterte Gonzales.

Er sorgte sich um den Butler. Aber was sollte er tun. Er konnte nicht nach ihm suchen und Lucinda allein lassen.

Mr Clemm verkorkte die Whiskyflasche sorgfältig und stellte sie zurück unter den Tresen. Dann griff er seine Taschenlampe und knipste sie aus.

„Sehen wir doch mal, wer hier mitten in der Nacht aufspielt", flüsterte er Beanstock zu.

Gemeinsam gingen sie zur Tür und spähten in den Gang dahinter. Es war nichts zu sehen, aber die Musik schien lauter zu werden und aus dem Treppenhaus zu kommen. Sie sahen nach oben und horchten angestrengt in alle Richtungen.

„Es kommt aus einer der oberen Etagen, Mr Beanstock,

ganz sicher aus einem der Büros dort. Vielleicht hat eine Gruppe der BBC noch eine Weihnachtsfeier. Seltsam, man hatte mir gesagt, heute wären die Mitarbeiter bereits früher gegangen."

Beanstock hatte gar kein gutes Gefühl und die Tatsache, dass genau dieses Lied spielte, sagte ihm, dass er wirklich etwas übersehen hatte. Plötzlich hörte er die Worte des alten Pfarrers von St. Barnabys of the Field.

*In meiner langjährigen Tätigkeit im Beichtstuhl habe ich gerade von den Damen meiner Gemeinde viele schaurige Enthüllungen erfahren müssen. Da würden sich Ihre Nackenhaare kräuseln, mein Guter.* Genau das hatte er gesagt.

Die Erkenntnis traf ihn wie ein Schlag ins Gesicht. Am liebsten würde er nun den berühmten Satz sagen: „Bitte versammeln Sie alle Beteiligten im Salon. Ich werde das Rätsel lösen."

„Wir müssen nachsehen, Mr Clemm, ich befürchte, Mr Black steckt in Schwierigkeiten", flüsterte er.

„Aber er ist doch gar nicht da? Wir haben doch oben angerufen und er hat sich nicht gemeldet?"

„Ich werde jetzt nach oben gehen und ich bitte Sie die Polizei zu rufen, Mr Clemm." Beanstock zog eine Karte aus der Tasche mit der Nummer von Inspector Morris.

„Verlangen Sie ausdrücklich Inspector Morris und bitten Sie ihn, sofort hierherzukommen, am besten mit Verstärkung. Sagen Sie ihm, ich wüsste, wer die Schuld an den Selbstmorden trägt. Ach, und Mr Clemm, wir sollten den Lift nicht benutzen."

Der Hausmeister sah ihn mit immer größer werdenden

Augen an. Dann nickte er und ging zur Treppe, um unten in der Lobby zu telefonieren. Beanstock stieg langsam die im schummrigen Licht liegende Treppe weiter hinauf. Immer in Richtung der lauter werdenden Melodie.

Gonzales war unruhig, sehr unruhig.

Der Butler kam einfach nicht zurück. Es war bereits ein Uhr. Lucinda schlief sicher und fest in ihrem Zimmer. Was konnte er nur tun? Er musste etwas unternehmen.

Von Lucinda hatte er erfahren, dass manchmal, wenn Mrs Parish länger außer Haus war, eine nette alleinstehende Nachbarin bei dem Kind blieb. Gonzales trat auf die Straße hinaus und überlegte. Was hatte sie gesagt? Wie hieß diese Nachbarin gleich wieder? Dann fiel es ihm ein, ein seltsamer Name, das hatte er noch gedacht. Es war eine Miss Petticoat. Er las an der linken Tür, nichts. Dann ging er schnell an die rechte Seite und da stand der Name.

Was würde die alte Dame denken? Sicher bekam sie einen Schreck, so spät in der Nacht ein fremder Mann an ihrer Tür? Es musste sein. Er klingelte. Fast augenblicklich ging im Flur das Licht an. Gonzales sah es durch die Scheibe in der Tür. Er konnte schlurfende Schritte hören und daneben ein Trippeln von Pfoten.

„Wer ist denn da um diese Zeit?", kam es zaghaft von jenseits der Tür. „Wenn Sie nicht fortgehen, hetze ich meinen Bluthund auf Sie, er kann es kaum noch erwarten, nicht wahr Brutus?"

Gonzales hatte das Gefühl, sein Kragen wäre zu eng.

„Señora Petticoat, bitte entschuldigen Sie. Hier ist Señor

Gonzales aus dem Nebenhaus. Ich wohne zurzeit bei Mrs Parish und ihrer Enkelin Lucinda. Wir mussten Mrs Parish leider ins Krankenhaus bringen und nun habe ich das Problem, dass ich dringend wegmuss und die Kleine natürlich nicht allein lassen kann und da dachte ich …"

Inzwischen hatte sich die Tür einen winzigen Spalt geöffnet, aber die Sicherheitskette hing noch daran. Ängstliche Augen begutachteten den spanischen Gentleman ausgiebig. Im unteren Bereich des Spaltes leuchteten ein paar feurige Augen und Gonzales hörte ein bissiges Knurren. Dann schloss sich die Tür kurz. Gonzales hörte, dass die Kette entfernt wurde und die Tür schwang auf. Instinktiv machte er einen kleinen Sprung zurück auf den Gehweg. Man konnte nie wissen, was dieser Bluthund tun würde.

Miss Petticoat lächelte und bückte sich zu einem wirklich winzigen Tier. War das überhaupt ein Hund? Sie beruhigte den Winzling, der schwanzwedelnd zu ihr aufsah. Gonzales atmete auf.

„Oh ja, ich habe Sie schon mehrmals bei Mrs Parish gesehen", sagte die alte Dame lächelnd. Sie war eine wirklich kleine Dame, mit einem grauen Haargebilde auf dem Kopf, das ständig von einer Seite auf die andere tanzte, als ob der Wulst auf ihrem Kopf ein Eigenleben führte. Um die Schultern trug sie eine kunterbunte gehäkelte Decke.

Sie versprach, in ein paar Minuten im Nebenhaus zu sein und war sehr erschüttert, was Mrs Parish betraf, mit der sie gut befreundet war.

Gonzales ging in das dünne Haus zurück und zog sich den Mantel an. Dann wartete er vor dem Haus.

Miss Petticoat hatte sich inzwischen angezogen und erschien mit ihrem Strickzeug und dem winzigen Hund. Sie versicherte, so lange wie nötig bei dem Kind zu bleiben. Er solle sich keine Sorgen machen.

Endlich saß Gonzales im Wagen und raste, wie von Teufeln getrieben, zum *Langham* Hotel. Als er es erreichte und den Bentley geparkt hatte, sah er das Hotel hell erleuchtet. Auch in der Lobby brannte Licht. Gonzales versuchte es zuerst am Nebeneingang, aber der war fest verschlossen.

Er ging zurück zum Haupteingang, aber auch diese Tür ließ sich nicht öffnen. Er spähte durch die Scheiben in die Lobby und traute seinen Augen nicht. Dort lag jemand.

Er konnte nur einen Teil der Beine sehen, die hinter einem umgestürzten Sessel hervorlugten. Konnte das Mr Beanstock sein? Was sollte er nur tun? Er musste zu ihm.

Kurzentschlossen rannte er zurück zum Wagen und nahm den Wagenheber aus dem Kofferraum. Damit schlug er eine Seite der Glastür ein. Das machte natürlich furchtbaren Lärm, aber darauf konnte er im Moment keine Rücksicht nehmen. Er stieg durch den zerstörten Rahmen und die Glasscherben knirschten unter seinen Füßen. Schnell lief er zu der liegenden Gestalt.

Es war nicht Mr Beanstock. Ein ihm unbekannter älterer Mann mit einer blutenden Wunde am Kopf lag auf dem Boden, neben ihm ein herausgerissener Telefonhörer. Gonzales griff nach dem Handgelenk des Mannes und versuchte den Puls zu fühlen. Er lebte noch. Nachdem er ihn etwas aufgerichtet hatte, lehnte er den Verletzten an einen Sessel. Der alte Mann begann zu stöhnen. Dann schlug er die Augen auf

206

und wäre im selben Moment froh gewesen, nicht aufgewacht zu sein.

„Mein Schädel, der tut vielleicht weh." Er hielt sich stöhnend den Kopf. Dann sah er Gonzales an und im Hintergrund die zerstörte Tür.

„Wer sind Sie denn? Was haben Sie mit meiner Tür gemacht? Oh dem Eigentümer wird das Herz bluten bei der Rechnung. Warum habe Sie mich denn niedergeschlagen?"

Gonzales nahm ein Tuch von einem der zugedeckten Möbelstücke und deckte es über den Verletzten, als er sah, dass der alte Herr zitterte.

„Ich habe Ihnen nichts angetan, Señor, mein Name ist Gonzales, ich bin der Chauffeur von Mr Beanstock, und ich habe Sie so vorgefunden. Da die Tür abgeschlossen war, musste ich etwas unternehmen."

Der alte Herr hielt sich den zerstörten Telefonhörer vor das Gesicht.

„Ich sollte die Polizei rufen. Mr Beanstock meinte, er hätte einen Mörder gefunden oder so. Ich nahm den Hörer und wählte die Nummer auf der Karte und ab diesem Zeitpunkt wurde alles schwarz. Ich kann mich nicht mehr erinnern."

„Wo ist Mr Beanstock? Ich muss ihn finden."

„Er wollte hinaufgehen. Er folgte dieser seltsamen Melodie, die wir plötzlich hörten, als wir im Ballsaal waren. Was tun wir nun?"

„Meinen Sie, dass Sie aufstehen können?" Gonzales half ihm auf und er kam schwankend auf die Beine.

„Wo ist das nächste funktionierende Telefon im Haus, Señor?"

„Clemm, mein Name ist Clemm, bin hier der Hausmeister. Ich muss in eines der Büros in der zweiten Etage, dort sind noch Telefone, aber die Büros sind sicher verschlossen. Ich brauche den Generalschlüssel aus meinem Büro im Keller."

Gonzales ließ sich erklären, wo sich das Büro befand und rannte so schnell er konnte hinab. Er fand es schnell, da alle Türen hier unten beschriftet waren. Den Schlüssel in der Hand rannte er wieder in die Lobby, dann griff er sich den Hausmeister und schleppte ihn zum Lift.

„Wir müssen in die zweite Etage, Mr Beanstock ist zu Fuß nach oben gegangen. Er wollte keine Aufmerksamkeit durch das Brummen des Lifts verursachen, meinte er."

Gonzales dachte angestrengt nach.

„Dann dürfen wir das auch nicht tun."

Er schlang seine kräftigen Arme unter die Achseln des Hausmeisters und schleppte ihn, so gut er konnte, über die Treppe nach oben. Dort wies ihn Mr Clemm an, eines der Büros auf der rechten Seite zu öffnen. Gonzales setzte ihn auf einen Stuhl vor das Telefon.

„Und jetzt gehen Sie und helfen Ihrem Freund, ich komme schon allein zurecht", wies ihn Mr Clemm an.

Gonzales lief zurück zur Treppe und machte sich an den Aufstieg. In der 3. Etage stutzte er kurz. War hier noch jemand? Er konnte deutlich eine nebulöse Gestalt sehen, die sich an einem Servierwagen zu schaffen machte. Aber als er nähertrat, war sie verschwunden. Er bekam eine Gänsehaut.

„Maldito, ich muss schnellstens hier weg", raunte er und stieg weiter hinauf.

Die Musik wurde lauter und Beanstock wusste, dass er sich dem Mörder näherte. Er musste vorsichtig sein.

Der Lift schien sich zu bewegen, er hörte deutlich das hydraulische Rauschen in seiner Nähe. Hoffentlich hatte es sich Mr Clemm nicht anders überlegt und fuhr nun nach oben.

Als er die letzte Etage kurz vor dem Aufgang zum Turm erreicht hatte, stand er plötzlich vor einem Grammophon. Man hatte es mitten im Flur aufgebaut, und es spielte nun zum wiederholten Mal *It´s only a Papermoon*.

Er ging vorsichtig daran vorbei und begann die Treppe zum Turm, zum Allerheiligsten der *Daisy Chain* Gemeinschaft, hinaufzusteigen. Als er die halb offene Tür erreichte, hörte er Gesprächsfetzen.

Leise öffnete er die Tür etwas weiter und stand im Büro. Vor dem weit geöffneten Fenster hing ein Stuhl halb auf dem Fensterbrett. Mr Black war darauf festgebunden und hatte einen Knebel im Mund. Sein Kopf hing halb aus dem Fenster und seine weißen Haare flatterten im Wind.

Die Gestalt, die hinter ihm stand, drehte sich nun zu Beanstock um und sah im triumphierend ins Gesicht.

„Nein, das wollen Sie sicher nicht tun, Mrs Pruster. Lassen Sie Mr Black gehen. Er hat Ihnen nichts angetan."

Sie lachte und rückte den Stuhl noch etwas näher an das Fenster. Es würde genügen, den Stuhl etwas zu kippen und Mr Black würde am Turm hinabsegeln.

„Warum sollte ich es nicht tun? Mr Beanstock? Haben Sie endlich herausbekommen, um was es hier geht?"

„Warum erzählen Sie mir nicht davon, Mrs Pruster? War dieses junge Mädchen, das aus dem Fenster sprang, Ihre Tochter?"

Sie lachte erneut. Ein verrücktes lautes Lachen.

Mr Black schielte verzweifelt zu ihrem Gesicht hinauf.

„Also wissen Sie es immer noch nicht. Sie sind wohl doch nicht der intelligente Detektiv, für den Sie Blacky hier gehalten hat."

„Im Gegenteil, Mrs Pruster, inzwischen weiß ich eine ganze Menge. Ich hatte gemerkt, dass ich etwas übersehen hatte. Die Ablenkung war es. Sie kannten natürlich den Inhalt sämtlicher Akten genau. Sie nahmen sich die brisanten heraus und für mich ließen Sie die unbedeutenden.

Der Koch, sie wussten, er würde sich nicht umbringen, der hinterlassene Umschlag war vielleicht etwas zu viel des Guten; die Hausdame des Pfarrers, viel zu einfach und unbedeutend, um sich umzubringen; der Sekretär, wir würden ihn niemals antreffen, da es Mr Black ist und ein Vergehen seinerseits hat niemals bestanden.

Sie wollten mich ablenken. Einen Einbruch hat es niemals gegeben. Sie nutzten die Zeit, als Mr Black verreist war und ließen ein paar Akten verschwinden. Dann richteten Sie Chaos im Büro an, um den Eindruck zu hinterlassen, es wäre ein Einbrecher da gewesen. Den Schlüssel besaßen Sie ja selbst. Und die Selbstmordserie haben Sie eingeleitet, weil das Mädchen sich damals ebenfalls umbrachte.

Ich frage mich nur noch eines, warum jetzt erst, nach dieser langen Zeit?"

Mrs Pruster lachte auf und diese Stimme hatte so wenig

Ähnlichkeit mit der Stimme der alten netten Mrs Prissy, dass Beanstock fröstelte.

„Sie wissen doch eine Menge, mein bester Beanstock, aber eben nicht alles. Das Mädchen ist aus dem Fenster gefallen, ja das stimmt, aber sie war die Verlobte meines Neffen, meines geliebten Neffen. Der einzige Familienangehörige, der mir nach dem Krieg geblieben war. Als es passierte, war ich noch Telefonistin im *Langham*. Mein Neffe arbeitete als Kellner und hatte sich mit Annabell verlobt, einem Stubenmädchen. Sie tanzten so gern. Damals immer wieder zu diesem Lied, das Sie gehört haben. Dann geschah der Vorfall mit diesem Schwein, diesem Diplomaten. Sie erwartete ein Kind, das hatte der damalige Mr Black einfach ignoriert und riet ihr das *Langham* zu verlassen, wegen des Skandals. Aber auch diese Tatsache war nicht der Auslöser. Vor einem Jahr hat sich mein Neffe aufgehängt. Er hat es nie verwunden, dass seine geliebte Annabell so aus dem Leben gegangen war. Ich stehe allein da, und es muss Gerechtigkeit geben. Darum werde ich diese *Daisy Chain* Gesellschaft zerstören. Und der letzte Baustein ist unser Blacky hier, der Bunte, wie ihn seine Nachbarn nennen. Nach dieser Sache wird kein Dienstbote mehr *Daisy Chain* vertrauen wollen. Es ist zu Ende", triumphierte sie.

„Sie haben auch den alten Mr Black umgebracht, er war ihr erstes Opfer, nicht wahr, Mrs Pruster?"

„Er war der Hauptschuldige, er hat das Mädchen auf dem Gewissen! Es war fast zu einfach. Ich gab ihm ein Schlafmittel und stieß ihn in das Feuer."

Beanstock war ein paar Schritte nähergekommen.

„Aber was ist mit den anderen Toten, sie waren unschuldig. Was ist mit Hortensia Peachwood, sie hatte ihr Leben lang nur Gutes getan."

Mrs Pruster sah ihn aus rot glänzenden Augen wild an.

„Unschuldig? Sie hatte es hingenommen, dass ein kleines Kind von ihrem Bruder umgebracht wurde. Sie hat ihn geschützt. Dieser ach so seriöse Auktionator hatte als Zehnjähriger seine kleine Schwester in einen See geworfen und zugesehen, wie sie ertrank."

„Hortensia wollte nur die Tochter des Mannes schützen. Was war mit Bensonman, dem Butler, was hatte er getan?" Beanstock rückte näher und sprach möglichst ruhig.

„Dieser Butler? Er hatte ein junges Mädchen beschützt, die aus verschmähter Liebe einen Mann erschossen hatte, sie war für den *Happy Valley Mord* verantwortlich und falls Sie weiter fragen sollten, das Dienstmädchen des Abgeordneten Tyrell, wie konnte sie sich mit ihm einlassen, über so viele Jahre. Ich verabscheue Lasterhaftigkeit.

Der Gärtner war schon etwas Anderes. Er ging aus dem Leben, weil der Schwiegervater seiner Tochter mit den Deutschen kollaboriert hatte. Der Skandal hätte die Familie zerstört. Ihr Geld beruht auf einer Lüge! Und bevor Sie irgendetwas unternehmen, mein guter Beanstock, Mr Clemm kann Ihnen nicht helfen. Er wird morgen furchtbare Kopfschmerzen haben, wenn er aufwacht. Also die Polizei wird nicht kommen. Nur wir Drei sind zur letzten Party eingeladen."

Beanstocks Hände ballten sich kurz zu Fäusten. Hoffentlich ging es dem alten Mann gut. Aber bevor er ihm helfen konnte, musste er versuchen Black zu retten. Beanstock rückte näher.

„Sie haben diese Menschen mit ihrer Liebe getötet."

Mrs Pruster lachte wieder dieses hohe verrückte Lachen.

„Und mit meiner Liebe zu meinem Neffen töte ich nun."

Beanstock hörte ein Geräusch. Irgendjemand stand hinter ihm auf der Treppe.

Beanstock war sich sicher, dass Mrs Pruster keinen Mitspieler hatte. Wer konnte das also sein? Vielleicht Mr Clemm?

Mrs Pruster drehte sich mit einer ruckartigen Bewegung zu dem Stuhl mit dem armen stöhnenden Mr Black um und begann den Stuhl zu kippen. Das würde ihr sicher nicht schwerfallen, denn Mr Black war nur halb so groß, wie sie selbst.

Beanstock schnellte nach vorn und die Person hinter ihm ebenfalls. Erleichtert bemerkte er, dass es Gonzales war, der da aus der Dunkelheit des Treppenhauses gesprungen kam. Gemeinsam, wie schon einmal in der Vergangenheit, sprangen sie zum Fenster und zerrten den Stuhl zurück ins Zimmer. Mrs Pruster versuchte sich mit all ihren Kräften zu wehren. Unten vor dem *Langham* hörte man inzwischen die Klingeln von vorfahrenden Polizeiautos. Reifen quietschten.

Mrs Pruster war durch die Sirenen einen Moment unaufmerksam und Gonzales gelang es, den Stuhl durch einen Ruck mitsamt der Sekretärin ins Zimmer zu schieben. Beanstock versuchte ihre Hände festzuhalten, aber sie konnte sich losreißen und taumelte zurück zum Fenster.

Das Fenster war noch immer weit geöffnet.

Sie fand keinen Halt und der Schwung beförderte sie hinaus in die Winternacht. Mit einem Schrei entfernte sich Mrs Pruster von dem *Daisy Chain* Büro und würde es nie wieder betreten können.

Beanstock und Gonzales sahen sich schwer atmend und entsetzt an. Dann entfernten sie endlich den dicken Knebel aus dem Mund von Mr Black und lösten seine Fesseln.

Die drei Herren blickten aus dem offenen Fenster auf die Gestalt am Boden.

„Gibt es hier Geister im *Langham* Hotel?", raunte Gonzales den anderen zu.

# Der wunderbarste Weihnachtspudding
## der Welt

Inspector Morris hatte sich mit einem langen Händedruck von Beanstock verabschiedet. Er war sehr froh, dass es überstanden war und den Beteiligten, vor allem Beanstock, nichts geschehen war. Nur ein paar blaue Flecke und eine dicke Beule bei Mr Clemm blieben als Erinnerung. Black versprach sich gut um den Hausmeister zu kümmern.

*Daisy Chain* hatte das Komplott überstanden. Die Verbindung ging mit einigen Blessuren daraus hervor, aber sie würde weiterbestehen.

Als die beiden Herren müde und zerschlagen in der Baker Street bei dem dünnen Haus erschienen, kam bereits die Sonne hinter den nächtlichen Wolken hervor. Es versprach ein sonniger Wintertag zu werden.

Unterwegs hatte Gonzales den Butler über die Situation in der Pension aufgeklärt und ihm berichtet, wie es dazu kam, dass er sich auf die Suche nach ihm begeben hatte.

Als Beanstock aus dem Wagen stieg, flog bereits die Tür auf und Lucinda sprang ihm entgegen. Sie klammerte sich wie eine Ertrinkende an dem Butler fest. Dicke Tränen kullerten an ihrem kleinen blassen Gesicht herab.

„Sie lassen mich doch nicht allein, nicht wahr Mr Beanstock? Sie bleiben doch bei mir. Sie lassen es nicht zu, dass man mich fortbringt oder?"

Gonzales sah den Butler hilflos an. In der Tür stand Miss Petticoat mit ihrem Hauch von einem Hund auf dem Arm und schüttelte kraftlos den Kopf.

„Kommen Sie, meine Herren, ich mache uns Tee. Sie sehen ja ziemlich mitgenommen aus."

Im Salon breitete sich Stille aus. Jeder hatte eine wärmende Tasse Tee in der Hand und hing seinen Gedanken nach.

Lucinda wich nicht von Beanstocks Seite. Schließlich stand der Butler auf.

„Ich werde mich etwas frisch machen, und dann fahren wir zusammen in das Hospital, einverstanden Luc?"

Das Mädchen nickte lächelnd.

„Miss Petticoat, wir danken Ihnen sehr für Ihre Hilfe. Wir kommen jetzt allein zurecht", richtete er sich an die kleine Dame von nebenan.

Sie erhob sich, strich dem Mädchen ermunternd über den Kopf und ging mit Brutus, dem Bluthund.


Im Hospital schlug ihnen der Geruch des Desinfektionsmittels bereits an der zweiflügeligen Tür entgegen. Die weiß gestrichenen Wände, die gefliesten gescheuerten Böden und die hin und her flitzenden Schwestern mit den blitzsauberen langen Schürzen, ängstigten das Mädchen.

Beanstock fühlte, wie sie sich immer enger an ihn drängte. Sie ergriff Gonzales und Beanstocks Hand und sah die beiden Herren flehend an. Lasst mich nicht allein, sagten ihre Augen.

Sie erfragten bei einer der Schwestern, an wen sie sich wenden müssten, um Lucindas Großmutter zu finden. Die Schwester verwies sie in die erste Etage. Dort würde man ihnen weiterhelfen. Sie fanden den Arzt vom Vorabend. Gonzales erkannte ihn wieder.

„Sie sind sicher Onkel Beanstock, wenn ich das sagen darf", lächelte der Arzt den Butler an.

Der räusperte sich hörbar, sah zu Lucinda und zu dem Chauffeur. Beide zuckten grinsend mit der Schulter.

„Ja, das ich bin ich. Können Sie mir mehr über den Zustand von Mrs Parish erzählen? Geht es ihr wieder gut?"

Der Arzt wies die kleine Gruppe zu einer Bank und bat sie, Platz zu nehmen.

„Es ist so", begann er vorsichtig, „es geht Mrs Parish noch immer nicht sehr gut. Wir haben das Fieber senken können. Sie wird momentan mit hochdosierten Medikamenten behandelt. Sie muss auf jeden Fall eine lange Zeit hierbleiben, fürchte ich. Und wenn wir sie stabilisiert haben, wird sie eine Kur auf dem Lande benötigen. Sie muss für eine gewisse Zeit fort aus dem Londoner Nebel. Das ist der Stand der Dinge. Wie sieht es mit dem Kind aus? Wen können wir benachrichtigen?"

Lucinda begann zu zittern.

Gonzales sah Beanstock an und Beanstock sah Gonzales an. Was würde der Butler tun? Gonzales fürchtete, die Korrektheit des Butlers würde gegen das Kind entscheiden. Aber es hatten sich bereits andere Leute in dem Mann getäuscht.

So kam es, dass Gonzales staunend den Satz hörte: „Wir wollen zuerst mit Mrs Parish über ihre Wünsche reden."

217

Dem Gesicht des Butlers nach war er sich selbst nicht im Klaren, was diese Aussage bedeuten könnte. Er hatte nicht über die Konsequenzen nachgedacht und nur rein gefühlsmäßig entschieden. Während seines Aufenthalts in der Pension hatte er das Kind in sein Herz geschlossen. Im Grunde war ihm selbst nicht klar, wie das Mädchen das geschafft hatte. Vielleicht hatte er an seine eigene Kindheit denken müssen. Seine Eltern hatten es nicht leicht gehabt und mussten mit dem Wenigen auskommen, das ihr Gemüseladen abwarf. So verbrachte der kleine Beanstock seine Ferien oftmals bei einer Tante in London.

Vor seinen Reisen hatte es jedes Mal heftige Diskussionen mit seiner Mutter gegeben. Er mochte die Tante nicht, sie roch nach Mottenkugeln und strickte den ganzen Tag an etwas Undefinierbaren. Regelmäßig hatte der kleine Beanstock diesen Schlagabtausch verloren.

Auch sein Angebot, eine sehr große Hilfe im Gemüseladen sein zu können, hatte ihm nichts geholfen. Die Worte des Arztes holten Beanstock zurück aus der Vergangenheit.

„Wunderbar", verkündete der Arzt, „dann ist es jetzt Zeit, deine Oma zu besuchen, meine Kleine. Aber bitte nicht so lange, sie braucht sehr viel Ruhe."

Er begleitete die Drei bis zu einer Tür auf der rechten Seite, öffnete sie leise und schob Lucinda hinein. Dann wandte er sich noch einmal an Beanstock.

„Geben Sie mir bitte eine Information, wenn ich bezüglich des Kindes handeln soll. Mrs Parish erwähnte bereits, dass die Eltern des Mädchens gestorben sind."

218

Lucindas Oma lag in einem großen Raum mit weiteren sechs Patienten. Ihre Augen waren geschlossen und ihr blasses Gesicht sah ungewöhnlich klein aus. Ihr Atem ging immer noch schwer, aber sie schien friedlich zu schlafen.

Das Mädchen lief zu ihrem Bett.

„Oma, liebe Oma, ich bin´s, Lucinda."

Mrs Parish öffnete die Augen und sah das Gesicht ihrer Enkelin. Sie lächelte leicht, aber gezwungen. Inzwischen hatte sich der Arzt verabschiedet und die Herren konnten in Ruhe mit ihr über Lucinda reden. Beanstock informierte sie, dass der Arzt wissen wollte, was mit Lucinda geschehen soll.

„Wie wollen Sie verfahren, Mrs Parish? Wenn keine direkten Verwandten vorhanden sind, die das Kind zu sich nehmen, so lange Sie krank sind? Was ist mit Ihrer Nachbarin, Miss Petticoat? Könnte sie einspringen?"

Lucinda bekam wieder große Augen, die sich sofort mit Tränen zu füllen begannen.

„Oma, nicht zu Miss Petticoat, Arthie versteht sich nicht mit Brutus, und es riecht doch so furchtbar nach Mottenkugeln." Beanstock fühlte sich wieder zurückversetzt in seine Kindheit. Der Geruch von Mottenkugeln stieg ihm ganz plötzlich in die Nase. Er rümpfte sie angeekelt.

„Ich musste bei ihr schon mal Rotweinsuppe essen, mit ekligem weißen steifen Zeug drauf ", argumentierte Lucinda weiter. „Kann ich denn nicht zu Mr Beanstock und Mr Gonzales? Ich mag sie und ich bin ganz brav, versprochen."

Mrs Parish hustete leise und verhalten. Man merkte ihr die Anstrengung an.

„Liebes, Miss Petticoat kann dich nicht so lange bei sich behalten. Der Arzt sprach von mehreren Wochen und anschließendem Kuraufenthalt. Das geht doch nicht. Und Mr Beanstock ist ein fremder Herr, der viel zu tun hat und keine Zeit, sich um dich zu kümmern. Du musst nun einmal hören und eine Weile in einem Kinderheim verbringen."

Gonzales stieß den Butler leicht mit dem Ellenbogen in die Seite.

Beanstock hätte über solche Unverfrorenheit eines Chauffeurs eigentlich entsetzt sein müssen. Aber die Situation war ungewöhnlich und schwierig. Er ließ es ihm durchgehen.

„Nun", begann er vorsichtig, „wir könnten das Kind schon mitnehmen. Ich denke, Sir Percival und Lady Fedora wären bereit, das Kind einige Zeit auf Parsley Manor wohnen zu lassen. Da würde sich eventuell eine Übereinkunft treffen lassen, wenn wir eine kleine Aufgabe für Lucinda finden würden, die meinen Dienstherren zuzumuten wäre." Er räusperte sich und stellte sich in Gedanken vor, wie Lucinda das Silber putzte. Sein Kragen schien zu eng zu sein, er fuhr mit den Fingern hinein, um ihn zu lockern.

Mrs Parish traten Tränen in die Augen. Sie griff nach Lucindas Hand und drückte sie an ihr Herz.

„Das würden Sie tun, Mr Beanstock? Das ist ein sehr großzügiges Angebot."

„Wir sollten natürlich ein Schriftstück verfassen, das es uns erlaubt, mit Ihrem Einverständnis, eine gewisse Zeit auf das Kind aufpassen zu dürfen. Mr Black ist Ihnen bekannt. Sie können sich von ihm meine Integrität bestätigen lassen."

Beanstock nahm ein Taschentuch aus seiner Tasche und drückte es Lucinda in die Hand, die wieder angefangen hatte zu wimmern. Mrs Parish sah ihre Enkelin lächelnd an.

„Ich wäre mehr als einverstanden. Mach dir keine Sorgen meine Süße, ich werde bald gesund sein und dann sehen wir uns wieder. Sei brav und dankbar, dass die beiden Herren für dich da sein werden und ich möchte keine Streiche von dir zu hören bekommen. Versprichst du das deiner Oma?"

Sie begann furchtbar zu husten und ihr Brustkorb hob und senkte sich im Krampf. Lucinda umarmte ihre Oma fest und versprach es. Eine Schwester kam ins Zimmer und meinte, es wäre genug. Mrs Parish brauche viel Ruhe. Als sie bereits an der Tür waren, meldete sich Mrs Parish noch einmal.

„Bring den Kater zu Jimmy, den kennt er und da wird er sich wohl fühlen. Du kannst ihn nicht mitnehmen. Einverstanden?"

Lucinda nickte. Mrs Parish sah die beiden Herren an und formte mit dem Mund einen tonlosen Dank.

Bereits am Nachmittag hatte Beanstock mit dem Anwalt der Baronets gesprochen und ein Schriftstück aufsetzen lassen, das ihm die Verantwortung für Lucinda Parish übertrug. Der Anwalt hatte den Kopf hin und her gewiegt und Beanstock abschätzend angesehen.

„Mein lieber Beanstock, die Baronets wissen also noch nichts von dieser kleinen Verschwörung. Ich hoffe für Sie, dass Sie sich keinen neuen Job suchen müssen nach der Rückkehr Sir Percivals. Viel Glück und frohe Weihnachten."

Der Butler fuhr zurück ins Hospital und Mrs Parish

unterschrieb. Bevor er ging, hielt sie ihn noch kurz zurück.

„Mr Beanstock, wie soll ich das jemals wieder gut machen. Ich hoffe ganz schnell gesund zu werden. Wir bleiben in brieflicher Verbindung nicht wahr?"

Beanstock versprach bald zu schreiben und verließ Mrs Parish.


Zurück in der Baker Street organisierte Beanstock die Abreise. Jimmy holte den Kater durch den geheimen Zugang, nachdem seine Eltern ihr Einverständnis gegeben hatten. Lucinda verabschiedete sich von ihrem Freund und lief ins Haus, um zu packen.

Beanstock war in seinem Zimmer, sah durch das Fenster auf das winterliche London und wusste nicht, wie er seinen Baronets die Tatsache erklären sollte, dass es einen Bewohner mehr auf Parsley Manor geben würde, noch dazu einen so winzigen, der weder kochen, noch Staub wischen, noch Silber polieren könnte. Es klopfte und Gonzales steckte seinen Kopf durch die Tür.

„Bereit, Señor? Das Kind steht bereits mit seinem Köfferchen im Flur. Und wenn ich das sagen darf, gut gemacht Mr Beanstock!"

Er nahm den Koffer des Butlers und ging über die schmale Treppe nach unten.

Beanstock seufzte tief. Was hatte ihn nur dazu getrieben, so etwas Heikles zu versprechen. Es musste ein Anflug von Weihnachtswahn gewesen sein. Er sah sich prüfend um, ob er alles korrekt hinterließ und begab sich ebenfalls nach unten. Gonzales hatte leise am Telefon gesprochen, und als er den Butler kommen hörte, legte er schnell auf und hielt den Finger an den Mund um Lucinda zu sagen, nichts von dem Telefongespräch zu erzählen, dass sie mit angehört hatte. Sie nickte schnell.

Sie durchstreiften ein letztes Mal das schmale Haus in der Baker Street, um sicher zu sein, dass das Gas abgestellt war, keine Lebensmittel herumlagen, die verkommen könnten und alle Fenster geschlossen waren. Sie verließen das Haus, und der Schlüssel wanderte zu Miss Petticoat, die versprach nach den Topfpflanzen zu sehen. Außerdem wollte sie Mrs Parish öfter besuchen.

Schließlich saßen die drei Reisenden im Wagen. Auf dem Rücksitz türmten sich die Einkäufe für das Personal auf Parsley Manor. Lucinda steckte ihren Kopf nach vorn, sah die beiden Herren lächelnd an und drückte jedem einen dicken Kuss auf die Wange. Beanstock registrierte es verwirrt, Gonzales lachte laut, begann ein spanisches Weihnachtslied zu singen, startete den Bentley und lenkte ihn in Richtung Heimat. Endlich.

Es war der Weihnachtsmorgen und kaum Menschen unterwegs. Man bereitete das Essen vor, man packte Geschenke ein oder man machte sich auf den Weg in die Kirche. Man kam zur Ruhe nach der Hektik der letzten Tage und Wochen.

Der Schnee hatte sich etwas zurückgezogen. Die Straßen waren frei und Gonzales konnte ohne Probleme durch London fahren. Nachdem sie die Waterloo Bridge hinter sich hatten und nach gut einer Stunde durch Bromley fuhren, das Kind zum vielleicht hundertsten Mal gefragt hatte, wann

223

man endlich ankommen würde, wurde es endlich ruhig im Wagen. Lucinda schlief auf dem Rücksitz ein, ihren alten, mehrfach geflickten Teddy fest im Arm. Beanstock legte seinen Mantel über das Mädchen und hing seinen Gedanken nach.

Was war das für eine Woche gewesen.

Ein bisschen Ruhe auf Parsley Manor würde ihm jetzt guttun. Er wusste immer noch nicht, wie er den anderen Bewohnern des Hauses die Anwesenheit eines kleinen Mädchens plausibel erklären sollte. Noch schwieriger würde es sein, wenn Lady Fedora und Sir Percival zurückkommen würden. Das bereitete Beanstock Sorgen. Es würde das Beste sein, bis zur Rückkehr der Herrschaften, die Kleine erst einmal in einem der Dienstbotenzimmer unterzubringen. Es waren genügend Zimmer vorhanden. Der Butler nahm sich vor, für das Kind eine Unterkunft im Ort zu organisieren, bei einer verantwortungsvollen Dame vielleicht. Aber wie sollte er so eine Dame aus dem Hut zaubern?

Und dann müsste ja noch die Frage der Schule gelöst werden. Was hatte er sich nur dabei gedacht? Eine dicke Sorgenfalte hatte sich auf seiner Stirn gebildet.

Gonzales war ebenfalls in Gedanken vertieft. Wenn die beiden Herren sich unterhalten hätten, hätten sie bemerkt, dass ihr Denken um die gleichen Dinge kreisten. Auch Gonzales fürchtete die Rückkehr der Baronets und die Probleme, die durch die Anwesenheit eines fremden Kindes auftauchen könnten. Aber dank seines südlichen Naturells zuckte er innerlich die Schulter und wandte sich erfreulicheren Dingen zu, wie dem Weihnachtskuchen von Mrs Porkpie oder dem neuen Hausmädchen Lizzy. Man konnte das Schicksal nicht ändern. Alles würde sich zum Besten wenden. Davon war er überzeugt. Er lächelte zufrieden.

Nach einer weiteren Stunde näherten sie sich Parsley Field. Sie fuhren bereits am River Shirty entlang. Wie auf einen höheren Befehl fielen dicke weiße Flocken vom Himmel. Das Haus kam in Sichtweite, und vor dem Eingang konnte man den Knecht Harrison stehen sehen, der von einem Bein auf das andere hüpfte, um der Kälte zu entkommen. Als er von Ferne den Bentley entdeckt hatte, verschwand er schnell im Haus.

Gonzales parkte vor dem Eingang und stieg aus. Beanstock blickte zurück und weckte das Kind vorsichtig auf.

„Komm Luc, wir sind da."

Lucinda setzte sich auf und rieb sich die Augen. Dann warf sie einen Blick auf ihr neues Heim und der Mund stand weit offen.

„Hier wohnen Sie Mr Beanstock? Das ist ja ein Schloss. Oh, wie wunderschön!"

„Mein Kind, ich arbeite hier und ja, ich wohne hier ebenfalls. Aber Parsley Manor gehört Lady Fedora und Sir Percival, den Baronets von Parsley. Vergiss das niemals."

Der Chauffeur hatte die Koffer aus dem Fond genommen und stapelte nun noch die bunten Päckchen vor dem Eingang. In diesem Moment flog die Tür auf und die Dienerschaft erschien. Fröhliche Willkommensworte flogen hin und her. Gonzales bekam sogar eine Umarmung von Mrs Porkpie. Mrs Argyle trat zu dem Butler, reichte ihm die Hand und lächelte ihn glücklich an.

„Wir sind so froh, dass Sie es geschafft haben. Geht es Ihnen denn auch wirklich gut?" In diesem Moment schob sich Lucinda hinter Beanstock hervor.

„Und wer ist diese junge Dame? Ist das ein ganz besonderes Weihnachtspaket?"

„Darf ich vorstellen", erklärte Beanstock, „Miss Lucinda Parish, sie wird eine Zeit lang unser Gast sein."

Mrs Porkpie schob sich nach vorn, griff die Hand des kleinen Mädchens und meinte sehr praktisch: „Dann kommst du erst einmal mit mir hinein, und wir suchen ein warmes Plätzchen für dich. Sicher hast du Hunger, es gibt gleich etwas sehr Gutes zu essen."

Jeder griff sich einen Koffer oder ein paar Päckchen und man ging endlich hinein. Gonzales brachte den Bentley in die Garage, rieb sich fröhlich die Hände und folgte den anderen ins Haus.

In der Halle stand Lucinda mit staunenden Augen vor dem großen Weihnachtsbaum, der seine duftenden grünen Zweige bis zur hohen Decke streckte. Am Baum hingen rote und goldene Kugeln, und er glitzerte und funkelte im Schein der Kerzen. Auf der Spitze thronte ein Engel mit goldenen Flügeln.

Junior hüpfte fröhlich um die Beine des Mädchens herum. Ein neuer Spielgefährte für mich, schienen seine Hundeaugen zu sagen.

Mrs Porkpie zog das Mädchen weiter in den Dienstbotenbereich. Neben der Küche war die Tafel festlich gedeckt. Mrs Porkpie und Phillis stellten einen Teller nach dem anderen auf die Tafel.

In der Mitte thronte ein riesiger Truthahnbraten. Daneben gab es geröstete Maronen, buttrige Kartoffeln, verschiedene Schüsseln mit Gemüse und als Krönung einen riesigen saftigen Weihnachtspudding, der auf keiner englischen Weihnachtstafel fehlen durfte.

Beanstock ging in sein Büro und legte den Mantel ab. Mrs Argyle erschien, und er setzte sie kurz über die Umstände in Kenntnis, warum dieses Kind mitgekommen war.

„Das werden wir schon irgendwie schaffen, Mr Beanstock. Wir alle sind froh, Sie wieder heil und gesund begrüßen zu können. Ich bin mir sicher, auch der Baronet wird es verstehen. Da Gonzales uns bereits heute Morgen vorgewarnt hatte, war es mir eine Freude, für das Kind ein Zimmer vorzubereiten. Sie bekommt das hintere Mädchenzimmer, gleich neben meinen Räumen, wenn Sie einverstanden sind. Da habe ich die Kleine etwas im Blick. Und nun kommen Sie. Alle warten auf Sie."

Als sie das Esszimmer des Personals betraten, schob sich Lucinda gerade einen großen Löffel von dem Weihnachtspudding in den Mund. Beanstock wollte ihr mit erhobenem Zeigefinger drohen, aber Mrs Porkpie winkte ab.

„Lassen Sie das Kind, es ist so wunderbar, zu Weihnachten ein Kind hier zu haben. Kinder sind doch das Beste an Weihnachten. Wenn sie so glücklich über jedes Geschenk und jede Speise sind, dann erst fühlen auch die Erwachsenen den Geist der Weihnacht. Das ist es doch, andere zu beglücken, oder?" Sie sah in die Runde und alle nickten.

Lucinda zog mit einer seltsamen Miene einen Ring aus ihrem Mund, einen kleinen billigen Reif mit einem roten

Stein, der ein bisschen wie ein Himbeerbonbon aussah. Sie hielt ihn in die Höhe und sah Beanstock fragend an.

„Das, meine Kleine, bedeutet, dass du bald heiraten wirst, so ist der Brauch mit dem Weihnachtspudding."

Lucinda besah sich das kleine Ding in ihren Händen, leckte es noch einmal sorgfältig ab, steckte es an ihren Mittelfinger und sagte in die Runde aus tiefstem Herzen:

„Das ist ja wohl der wunderbarste Weihnachtspudding auf der ganzen Welt!"

Das schallende Gelächter der dienstbaren Geister auf Parsley Manor flog durch die Räume, durch das Fenster und war sicher noch im Gewächshaus zu hören, wo sich der Kater Mortecai genüsslich noch einmal umdrehte und sein Mittagsschläfchen hielt.

# Mein Dank sei euch gewiss.

Zu meinem Glück gibt es Menschen, die in den schweren Zeiten der Verzweiflung an meiner Seite standen. Denn ein Buch wird selten allein und ohne Selbstzweifel zusammengebastelt.

Ich möchte mich daher an dieser Stelle bei all denen bedanken, die mich auf meinem Weg zu diesem Buch unterstützt haben und meinem Freund Arthur Reginald Beanstock die Chance gaben ins Leben zu treten.

Wenn wieder einmal meine Kenntnisse am Computer ihren Tiefpunkt erreicht hatten, halfen mir meine beiden Söhne Chris und Tobias mit viel Geduld weiter.

Ich danke meinem Christian, der nicht nur als Testleser herhalten musste, sondern auch als Teekocher (obwohl er Tee nicht mag), Fragen beantwortet hat bis in die Nacht hinein und Helferlein, wenn ich meinte, das eine wichtige Kapitel gelöscht zu haben.

Ich danke meiner Freundin Sylvie, die für jede Diskussion zu haben war, aber der ich vor allem den wunderbaren Titel dieses Buches, „Das Gänseblümchenkomplott", verdanke.

Ich möchte Dennis Wolf von Wolf-Photoart für die Covergestaltung meiner Bücher danken, Nice! Und ich hoffe unser Butler bekommt noch viele tolle Ideen von Dennis.

Meiner Lektorin, Charlotte Buchholz, danke ich für die wunderbare Zusammenarbeit und die willkommenen

Anmerkungen.

Nun gut, genau genommen müsste ich auch dem Helden des Buches danken.

Arthur Reginald Beanstock, ein Butler der besonderen Art, hat mich in eine Welt entführt, die ich bereits als Kind mochte. Ich bin aufgewachsen mit den Werken von Agatha Christie und Arthur Conan Doyle. Ich habe mich in ihre wundervollen Detektivgeschichten verliebt.

Wenn Euch die Geschichten um diesen speziellen Butler gefallen, solltet ihr gespannt sein auf die nächsten Abenteuer.

Und eins noch zum Ende will ich Euch verraten:

# „Der Mörder ist niemals der Butler!"

Signierte Taschenbücher gibt es direkt bei mir unter
awbenedict.de/shop

**Beanstock – Mord auf Parsley Manor**
*Beanstocks erster Fall:* Ein untergetauchter Spion und
eine geheimnisvolle Mordserie.

**Beanstock – Das Gänseblümchenkomplott**
*Beanstocks zweiter Fall:* Eine Selbstmordserie in London und
die geheime Dienstbotenverbindung Daisy Chain.

**Beanstock – Die Barke des Teremun**
*Beanstocks dritter Fall*: Ein geheimnisvoller Skarabäus und
eine skrupellose Grabräuberbande.

**Beanstock – Mörder an Bord**
*Beanstocks vierter Fall:* Eine turbulente Kreuzfahrt und
ein mörderischer Betrüger.

**Beanstock – Ein Whisky zu viel**
*Beanstocks fünfter Fall:* Eine kriminelle Londoner Society und
ein mörderischer Rächer.

**Beanstock – Das Haus der Lady Sherry**
*Beanstocks sechster Fall:* Ein unheimliches Haus und
eine schottische Mordserie

**Das sagen die Leser:**
*„Für mich kann dieser Fall ("Mörder an Bord") mit den Fällen
der von mir so geschätzten Agatha Christie mithalten..." (Max S.)*

**Weitere Infos unter:** awbenedict.de/beanstock